Am Zug
Geschichten übers Bahnfahren

AM ZUG

Geschichten übers Bahnfahren

Mit Texten von Alois Brandstetter, Karl-Markus Gauß,
Daniel Kehlmann, Michael Köhlmeier, Kurt Palm,
Erika Pluhar, Julya Rabinowich, Peter Rosei,
Eva Rossmann, Gerhard Roth, Tex Rubinowitz,
Susanne Scholl, Julian Schutting, Ilija Trojanow,
Anna Weidenholzer

Residenz Verlag

Wir danken den ÖBB für die Unterstützung.

Dieser Band versammelt Beiträge in alter und neuer Rechtschreibung, da bei bereits publizierten Texten sowie in manchen Fällen auf Wunsch der Autoren die alte Rechtschreibung beibehalten wurde.

Bibliografische Information der Deutschen Nationalbibliothek
Die Deutsche Nationalbibliothek verzeichnet diese Publikation in der Deutschen Nationalbibliografie; detaillierte bibliografische Daten sind im Internet über http://dnb.dnb.de abrufbar.

www.residenzverlag.at

Umschlaggestaltung: BoutiqueBrutal.com
Umschlagbild: Christoph Posch/ÖBB
Grafische Gestaltung/Satz: BoutiqueBrutal.com
Schrift: Minion
Lektorat: Jessica Beer, Mitarbeit: Susanne Peters
Gesamtherstellung: CPI Moravia Books

ISBN 978 3 7017 1638 8

INHALT

Karl-Markus Gauß

BÁRTOK-BÉLA-EXPRESS, UNGARN

Wenn ich von Salzburg nach Wien fahren muß und es sich irgendwie einrichten läßt, dann nehme ich den Zug, der um 10 Uhr 54, von München kommend, in Salzburg eintrifft und den Hauptbahnhof um 11 Uhr fünf verläßt. Seit einigen Jahren verfügt dieser Zug über eine in Fachjournalen gerühmte Lokomotive des modernsten Typs, und im Laufe der Jahre sind auch die Waggons bestens ausgestattet worden; aber nicht deswegen achte ich darauf, aus Salzburg um 11 Uhr fünf wegzukommen. Das Besondere dieses Zuges, der Bártok Béla heißt und dessen Namenspatron übrigens ein begeisterter Eisenbahnreisender war, ist sein Speisewagen.

Der Bártok Béla fährt zweimal täglich. Als Zug mit der Kennzeichnung EC 63 startet er in München um 9.29, um über Salzburg, Linz, St. Pölten um 14.05 in Wien anzukommen und von dort über die einst furchterregende, ihrer Bedrohlichkeit längst verlustig gegangene Grenzstation Hegyeshalom und Györ nach Budapest zu fahren, wo er um 16.59 eintrifft. Als EC 62 fährt er in der umgekehrten Richtung, startet am Bahnhof Kéleti in Budapest um 13.05 und erreicht um halb neun Uhr abends München.

Der Bártok Béla ist ein Zug der Österreichischen Bundesbahnen, aber sein Speisewagen ist ungarisches Territorium. Das bedeutet, daß man in ihm weder an einem hochcomputerisierten deutschen Imbißstand Schlange steht, noch in einer österreichischen Stehweinhalle unterwegs ist, sondern in ein ungarisches Restaurant gerät. Die Einrichtung hat den Charme einer altbürgerlichen Wirtsstube, über die weißen Tischdecken, die nach jedem Besucher wieder gewechselt werden, sind hübsch gefaltete rote Stoffservietten gelegt, und die ungarischen Kellner halten nicht nur distinguiert das Gleichgewicht, wenn der Zug sich bedenklich in eine Kurve legt, sondern wissen auch vom schwerbetrunkenen Landsmann, der sich der Heimat nur mit einem Barack nach dem anderen zu nähern wagt, bis zum Feinspitz, der ausgerechnet im Zug etwas Besonderes zu essen oder trinken wünscht, mit jedem auf ihre Weise umzugehen. Ungnädig werden sie nur, wenn man ein simples Fertiggericht bestellt, etwa Sajtáll, die gemischte Käseplatte, oder Salámifalatok, Brot mit grob gewürfelten Stücken ungarischer Salami. Dann fragen sie etwas unwirsch, ob es nicht doch das frischgemachte Szegedinergulyas, die Hortobágypalatschinken oder der Zander auf Reisplatte sein dürfe. Sie tun das nicht, weil diese Gerichte etwas teurer sind, sondern weil die achtlose Bestellung ihren Stolz verletzt, nicht anders als den eines Kellners in einem reputierlichen Speiselokal, der Hirschsteak auf der Karte hat und dessen Gäste Thunfisch aus der Dose serviert haben möchten.

Gyula Németh ist kein Freund von mir. Aber im Speisewagen des Bártok Béla haben wir uns jetzt schon so oft getroffen, daß wir einander grüßen und manches Mal an einem Tisch gesessen sind und von Salzburg bis Wien durchgeplaudert haben. Gyula Németh legt wert darauf, daß er nicht so heißt, wie ich ihn hier nenne, aber sonst alles genau stimmt, was er mir erzählt hat. Seit fünfzehn Jahren fährt er jeden Dienstag von München nach Budapest und am nächsten Tag wieder von Budapest nach München zurück. Als er nach München ging, in ein Architekturbüro, war das ein Aufbruch in eine fremde, erfolgversprechende Welt. Den Erfolg hat er nicht wirklich gefunden, und München ist weder Fremde geblieben noch Heimat geworden. So fährt er jede Woche heim, registriert, was sich dort alles ändert, um bei seiner mittlerweile von ihm geschiedenen Frau und den beiden groß gewordenen Kindern 21 Stunden zu verbringen.

Richtig nahe gekommen sind Gyula und ich uns, als der Speisewagen einmal von einer Rotte bayrischer Fußballfans gestürmt wurde, die in den Farben ihrer Mannschaft uniformiert waren und in angemessener Berauschung zu einem Europacup-Spiel nach Budapest fuhren. Sie waren in Mannschaftsstärke von zwölf Leuten, also inklusive einem Wechselspieler, angetreten, nannten die ungarischen Kellner allesamt Imre, die Frauen, die durch den Waggon gingen, eigenartigerweise »Eisen« und zeigten sich erfolgreich bemüht, das Ihre zum Ansehen Deutschlands im Ausland beizutragen. Ihr Frohsinn schloß jeden ein, der unvorsichtig genug war, den Blickkontakt mit ihnen nicht zu vermeiden, und drohte sich nur dann zu flaschenwerfender Laune zu steigern, wenn ein Gast des Speisewagens die Stirn hatte, sich trotz ihrer kumpelhaften Duzerei lieber mit seiner Zeitung, seinem Essen oder seinen Begleitern zu beschäftigen. Von Wels bis St. Pölten brachten die Leistungssportler immerhin vier Runden mit

Bier und Schnaps weiter, die sie stets sofort und stets mit der Bemerkung beglichen, daß sich der liebe Imre dabei wohl um einige Euro zu seinen Gunsten verrechnet haben müsse. Die Kellner nahmen alle Frechheiten mit dem ihnen eigenen Gleichmut, was die meisten Gäste heftig bedauerten. Wir alle, die wir nicht zur Verstärkung des FC Bayern nach Budapest fuhren, fühlten uns belästigt und ärgerten uns. Alleine Gyula ärgerte sich nicht, nein, Gyula litt. Erst nach einiger Zeit begriff ich, daß er, der Ungar aus München, sich vor den ungarischen Kellnern und seinem österreichischen Gefährten für die bajuwarischen Barbaren schämte, in denen er, so fremd sie ihm waren, als Münchner aus Ungarn offenbar bereits so etwas wie seine Landsleute erkannte, für deren Benehmen er sich verantwortlich fühlte.

Von der EU hält Gyula viel und nichts zugleich. Die Europäische Union bin ich, behauptet er. Er arbeite gerne in Deutschland, verdiene ordentlich und habe, auch als ihn deutsche wie ungarische Freunde dafür gewinnen wollten, nie ernstlich daran gedacht, seine kapitalistischen Erfahrungen und geschäftlichen Verbindungen zu nutzen, um in Budapest eine eigene Firma aufzuziehen. Er sei schließlich in Deutschland auch nicht Teilhaber des Architekturbüros geworden, warum solle er jetzt mit deutschen Geldgebern zum ungarischen Geschäftsmann werden? Zu Zeiten des Kommunismus war Ungarn noch ein besonderes Land, zwar Ostblock, aber eben doch dessen liberaler Vorposten. Seit dem Fall des Eisernen Vorhangs habe Ungarn viel von dem Renommee eingebüßt, das freieste Land im Ostblock zu sein. »Aber Euch ist es auch nicht besser ergangen«, freut sich Gyula, »Österreich hat in der Welt auch mehr bedeutet, solange es noch an der Grenze zweier Blöcke lag.«

Gyula mag Ungarn nicht besonders, aber er wird bis ans Ende seiner Tage damit beschäftigt sein, nach Ungarn zu fahren und es nicht besonders zu mögen. Man versteht, warum ich bei jedem Gespräch mit ihm den Eindruck habe, es eigentlich mit einem österreichischen Landsmann zu tun zu haben.

Überhaupt, als er nach Deutschland gekommen war, habe er gestaunt, wie hart und diszipliniert in seiner Firma gearbeitet wurde. Mittlerweile sind die Deutschen schlampig, nachlässig, als wären sie Ungarn. In Ungarn hingegen arbeiten die Leute jetzt, als wären sie wie die Deutschen von früher: effektiv, ausdauernd, grimmig. Ja, muß ich Gyula da fragen, war es früher womöglich besser? »Nein, um Himmels willen, keineswegs! Nur, wo ist noch Deutschland und wo Ungarn?« Ich glaube, ich fahre so gerne mit Gyula, weil er ein heimatloser Melancholiker ist. Da der Westen ein wenig wie Ungarn und Ungarn ziemlich stark wie der Westen geworden ist, braucht er den Bártok Béla und diesen Speisewagen. Der ist ihm eine Art von fahrender Heimat, die es nicht mehr gibt.

Aus: Karl-Markus Gauß: *Wirtshausgespräche in der Erweiterungszone*
(Otto Müller Verlag, Salzburg-Wien 2005)

Tex Rubinowitz

TRANCE-SIBIRISCHE EISENBAHN

Am 24. Dezember 1984 bestieg ich mit meiner damaligen finnischen Freundin Vilma um 21 Uhr am Wiener Südbahnhof den Zug nach Moskau. Wien war wie ausgestorben, wattiert durch alle urbanen Geräusche und menschliche Widrigkeiten schluckenden Neuschnee, eine echte stille Nacht, eine gefräßige Stille, alle hatten gegessen und ihre Geschenke ausgepackt, die sie jetzt von allen Seiten betrachteten, sich freuten oder ärgerten, die Kerzen waren halb heruntergebrannt. Der leere D-Wagen brachte uns zum Bahnhof, der einsam seinen Dienst versehende Schaffner schaute immer in seinen Spiegel, wenn ich Vilma küssen wollte, sie wehrte mich ab, sagte: bitte nicht hier drinnen, meinte aber: nicht in dieser unberührten Nacht.

Am Bahnsteig wurden wir von einem Waggonschaffner empfangen, stilecht, wie ich fand, er lächelte, sein Gebiss war ganz golden, seine Uniform noch sowjetisch, also von einer militärischen nur mit kundigem Auge zu unterscheiden.

Er brachte uns zu unserem Abteil, der Zug war auch nicht viel voller, als die Straßenbahn gewesen war, ein paar Russen mit verschnürten Pappkartons, Feierlichkeit gab's hier keine, aber es war ja auch nicht ihr Weihnachtsfest heute Nacht, das orthodoxe findet ein paar Tage später statt, der gregorianische Kalender geht etwas nach, oder unserer vor.

Der Zug fuhr an, und jetzt begann, mit nur einer Unterbrechung, eine magische Fahrt, deren Zauber nicht unbedingt im Ankommen lag, sondern sich eher auf der Strecke zwischen zwei Punkten entfaltete, die immer kleiner wurden, je konstanter und monotoner der Zustand, der Stillstand in der Bewegung wurde. Denn der Weg, den wir vor uns hatten, war lang, er ging nach Peking. Zunächst 40 Stunden nach Moskau, und dann sechs Tage nach China, Tage, die man schon nicht mehr in Stunden messen kann, so diffus werden sie im elastischen Raum.

Und dieses Erlebnis war unfassbar billig zu haben, so unwirklich wie der metaphysische Zustand, den man bei der Zugfahrt erreichen würde, nur 2000 Schilling pro Person, also irgendwas knapp über einem dreistelligen Eurobereich, dafür musste man sich aber auf einem komplizierten Weg ein chinesisches Visum besorgen, irgendwo ist ja immer ein Haken.

Weil es noch komplizierter gewesen wäre, an ein mongolisches Visum zu kommen, eine mongolische Botschaft gab's in Wien nicht, nur in Budapest, wofür man ebenfalls ein Visum brauchte, beschlossen wir, die Route um die Mongolei herum zu nehmen, aber ein chinesisches Visum musste dennoch her, das russische Transitvisum war im Fahrkartenpreis inbegriffen, immerhin. Das Problem war dabei, dass die Chinesen gar kein Interesse hatten, Visa auszugeben, da kommen Leute mit spottbilligen Fahrkarten ins Land, geschickt von der alles kaputt subventionierenden Sowjetunion, was wollen die Touristen bei uns, was sind überhaupt Touristen, das Land ist noch gar nicht für sie vorbereitet, nur Verrückte machen Ferien in einer Volksrepublik, und nicht nur aus Stabreimgründen, ein diesbezüglicher Servicegedanke existierte jedoch noch nicht. So wurde mir gesagt, ich müsse ein Telex nach Peking schicken, vom Telegrafenamt, man diktierte einem Beamten einen englischen Text, ein Visumsansuchen, in eine merkwürdige Maschine, aus der sich dann ein Lochstreifen schlängelte, der in eine riesige Maschine eingespeist wurde, die unser Gesuch nach Peking, ja, was? Kabelte? Kaum vorstellbar, dass der Streifen durch ein Kabel, nun ja, kroch. In Peking kam dann ein ebensolcher Lochstreifen aus einer vermutlich noch viel größeren Maschine, ich stellte mir blinkende Lämpchen und schnarrende Geräusche vor, und wenn der dechiffriert war und für o.k. befunden wurde, wurde das auf dem gleichen Weg in die chinesische Botschaft in Wien geschickt und man konnte sich das Visum abholen. Nur funktionierte es nicht, jedes Mal, wenn ich in der Botschaft war, meinte man, nein, kein Lochstreifen angekommen, ich war verzweifelt, es waren nur noch wenige Tage vor der Abfahrt, kroch der Streifen so langsam, war das Kabel verstopft, was hab ich falsch gemacht? Ein zufällig anwesender Reiseleiter, der gerade für eine Gruppe einen Stapel Pässe, die mit den kompliziert zu beschaffenden Visa vollgestempelt waren, abholte, erklärte mir, dass er mein Problem kenne, der Streifen käme zwar in China an, würde aber dort ignoriert, weil er vermutlich von dem Normansuchen abweiche, er diktierte mir den Standardsatz, die Wortwahl müsse exakt so sein, Abweichungen ließen sie nicht zu, ich ließ ihn abermals nach China qua Lochstreifen kabeln, und am nächsten

Tag war die Bestätigung in der Botschaft, die Pässe konnten gestempelt werden.

Und nun saßen wir also im Zug, gefangen genommen von einem freundlichen Sowjetmann mit goldenem Gebiss, endlich frei, endlich erlöst zumindest für 40 Stunden und 6 Tage, auch wenn wir nicht wussten, von was eigentlich erlöst, draußen verschwand Weihnachten in der Finsternis, alle Sorgen zurücklassend, bildeten wir uns ein, wir fahren ans Ende der Nacht.

Nur vage weiß ich noch, was wir an Gepäck mitnahmen, genau kann ich mich aber an einen kleinen, tragbaren Batterieplattenspieler erinnern und an eine Handvoll Singles, ich erinnere mich an: Eydie Gormé/ *Love Me Forever,* Petula Clark/ *I Couldn't Live Without Your Love,* Helen Shapiro/ *You Don't Know,* Jackie Trent/ *Where Are You Now,* Lesley Gore/ *You Don't Own Me,* Bessy Banks/ *Go Now,* Babs Tino/ *Forgive Me (For Giving You Such A Bad Time),* The Ronettes/ *Baby I Love You.*

Wir liebten dieses Zeug, wir definierten unsere Liebe über diese bittere Mädchenmusik, letztlich waren diese Platten der Kitt, der uns zusammenhielt, einmal am Tag gab es eine kleine Disco mit unserer mobilen Jukebox im engen, überheizten Abteil, und wir fühlten uns so einzigartig und unverwundbar und unzertrennlich, wie es eben jungen, unrealistischen Verliebten eigen ist.

Was ich auch noch weiß, ist, dass wir ungefähr 5 Kilo Orangen mitnahmen, irgendwie mussten wir erfahren oder uns selbst zusammengereimt haben, dass die Kost im Zug nicht unbedingt vitaminreich sein würde, gar Skorbut drohe.

Die Strecke von Wien nach Moskau verschliefen wir hauptsächlich, allenfalls unterbrochen von einer Orange und einem kleinen, schaukelnden Tänzchen.

Im bitterkalten Moskau holte uns ein sinisterer Mann mit Pelzmütze am Bahnsteig ab, indem er unsere Namen mit einer zur Flüstertüte zusammengerollten Prawda ausrief, er übergab uns einem anderen Mann, der vorm Bahnhof mit einem Wolga-Taxi wartete, der Übergabezettel wurde unterschrieben und abgestempelt mit einem Stempel, der angehaucht wurde, Ersatz für ein Stempelkissen, russischer Atem färbt wohl ab, der Fahrer brachte uns ins gigantische Hotel Kosmos (1777 Zimmer), wir waren ja nur Transitreisende und hatten kein Visum für die Sowjetunion, kein Schritt von uns sollte unbeobachtet sein, hinter den gilbenden Tapeten waren vermutlich Wanzen, oder man schätzte uns, zu Recht, als zu unergiebig ein, Vilma war 20, ich 23, was sollten wir denn schon wissen, was ausspionieren?

Trotzdem machten wir einen zögerlichen Ausflug in die Stadt und kamen uns verwegen vor, den Transitkosmos zu verlassen, ein paar Gehversuche wie auf einem fremden Planeten, im All braucht man ja auch kein Visum. Einmal lief ein Mann hinter uns her, keine Ahnung, was er wollte, er sagte, er heiße Viktor, einmal lief ein Mann von uns weg, wir kauften mit Schillingen ein sehr schwarzes Kastenbrot und bekamen Rubel zurück, wir fuhren U-Bahn mit dem Brot, und gingen wieder ins Kosmos, es war einfach zu kalt.

Am nächsten Morgen wieder das gleiche Abhol- und Abgabeprozedere, und wir bestiegen endlich die große Mutter Transsib.

Eine kleine dicke Frau war unsere Waggonbetreuerin, sie hatte nicht soviel Gold im Mund und ihre Uniform war auch nicht so militärisch wie bei unserem Mann auf der ersten Strecke, sie versorgte uns mit Tee aus dem ununterbrochen kochenden Samowar, den sie mit ihrer einzigen deutschen Frage: »Wünschen Sie Biskuit?« in unser Abteil brachte. Wir hatten das Abteil für uns alleine, und der Zug fuhr los, zur Feier spielten wir auf unserem kleinen Plattenspieler von Nino Tempo & April Stevens *The Coldest Night Of The Year*, im Lied geht es darum, dass April Nino rausschmeißen will, er soll nach Hause gehen, aber er bettelt, bleiben zu dürfen, weil es eben draußen so kalt sei und er sich erkälten würde, sie sind Opfer des Wetters, das Synonym ihrer Liebe, wir tanzten ein bisschen, unsere kleine Frau schaute rein, was geht da vor sich, sie lächelte halbgolden und fragte: »Wünschen Sie Biskuit?«

Die Tage verrannen wohltuend ereignisarm, ein ewiges, monotones Geruckle und Geklopfe und Geschaukle, man geriet in Trance, die dadurch noch verstärkt wurde, dass die Abteile überheizt waren, draußen in der schwarzweißen sibirischen Birkenendlosigkeit 40 Grad minus, hier drinnen uterusartige Plusgrade, während wir sechs Zeitzonen durchfuhren, und um einen Überblick zu behalten und die fahrplanmäßigen Ankünfte und Abfahrten zu vereinheitlichen, waren an allen Bahnhöfen die Uhren auf Moskauzeit eingestellt, wir verzichteten darauf, ununterbrochen unsere Uhren zurückzustellen, und fanden uns damit ab, gegen die Sonne anzufahren, nicht ans Ende einer individuell interpretierbaren Nacht, sondern an den Anfang eines willkürlichen Morgens. Das ist das Pathos kaulquappenartiger Jungmenschen, und das waren wir doch, waren wir das nicht?

Wir wachten mitten in der Nacht auf, weil ein kleiner Mann ein quietschendes Wägelchen durch die Gänge schob und Mittagessen anbot, immer das gleiche, Borschtsch und faschierten Braten und Kartoffelbrei, mit dem man Wände verspachteln konnte, uns schmeckte das, das perfekte Trance-Essen. Wie spät ist es? Keine Ahnung, Zeit für Rübensuppe und ein kleines Liedchen, wir waren mit unserer Musik inzwischen so beliebt im Zug, dass sich immer wieder Russen zu uns setzten, in ausgeleierten Trainingsanzügen, und ein bisschen zur Musik weinten und mitsangen, am besten klappte das mit Mary Hopkins *Those Where The Days*, eigentlich ein russisches Lied namens *Dorogoi dlinnoyu* (Дорогой длинною, *Entlang der langen Straße*). Das Lied wurde im Oktober 1917 in der Version von Alexander Wertinski in Russland sehr populär, noch vor der Oktoberrevolution. Silvester feierte der ganze Waggon, indem mit Hautcreme auf Kyrillisch Neujahrsformeln an die Scheiben geschrieben wurden, auch wenn niemand genau wusste, wann denn nun genau der Jahreswechsel stattfand, in örtlicher Zeit, in unserer inneren, also Moskauzeit? Auch hatten sie doch ihren gregorianischen Kalender, vielleicht feierten sie nur für uns und mit uns, damit wir unseren kleinen Plattenspieler wieder anwarfen, zum Dank gab's so viel Wodka, dass uns der Borschtsch hochkam.

Wir blieben aber meistens alleine in unserem Viererabteil, mal stieg eine Großmutter zu, fuhr von Omsk nach

Tomsk, fütterte uns mit fettem Fleisch und Kwass, einmal stieg ein aufgeblasener Engländer zu, ein Angeber, der Bassist bei Ian Dury and the Blockheads war, er war also einer der Blockheads (Dummköpfe), auch wenn Vilma und ich Durys *Hit Me With Your Rhythm Stick* sehr mochten, verkniffen wir uns, dem Blockhead davon zu erzählen und ihm unsere Platten vorzuspielen, wir wurden ganz klein, obwohl wir innerlich viel größer als er wurden, in Ulan Udeh stieg er aus, und um das zu feiern, kaufte ich am Bahnsteig ein paar Trockenfische, Dillgurken und Kekse, denn die Biskuits unserer Wünschen-Sie-Biskuit-Frau im Zug schmeckten wie mit Nebel gebundenes Sperrholz, die Ulan-Udeh-Kekse hingegen waren die Offenbarung, die besten, die ich je gegessen habe, aus ihnen hätte man sich ein Bett bauen mögen, sie machten uns froh. An der chinesischen Grenze wurden uns die letzten Orangen abgenommen, man vermutete wohl, wir wollten fremde Organismen ins Land schleusen. In Peking war der Traum zu Ende, wir wachten auf, es war nicht mehr kalt, klamm war es, nasskalt, die Luft rußig, man sah kaum etwas, bekam fast dreckige Augen, wir wurden aus der paradiesischen Gefangenschaft entlassen, und waren uns plötzlich ganz fremd. Nach ein paar Tagen in Peking trennten wir uns. Vilma lernte einen Engländer kennen, gottseidank nicht den Blockhead, und reiste mit ihm auf dem gleichen Weg zurück, ich fuhr mit meinem kleinen Plattenspieler nach Shanghai, dann weiter nach Hong Kong, mit einer Fähre, auf der kaum Gäste waren, drei Tage lang, es war eine alte ausrangierte Fähre aus Holland, es gab eine Disco, in der die sieben Fahrgäste allabendlich tanzten, ich fragte den lustlosen DJ, der eigentlich Smutje (Schiffskoch) war, ob ich mal meine Platten auflegen könnte, er übergab mir nicht unwillig den Job, so lernte ich eine Frau ohne Hals kennen, sie hieß Patricia, ich nannte sie aber immer versehentlich Petula, nach Petula Clark, deren Lied *I Couldn't Live Without Your Love* Vilmas und mein Lied war, unser Trance-Sib-Lied.

Daniel Kehlmann

ICH UND KAMINSKI

(Auszug)

Ich wachte auf, als der Schaffner an die Abteiltür klopfte. Es sei kurz nach sechs, in einer halben Stunde seien wir am Ziel. Ob ich gehört hätte? Ja, murmelte ich, ja. Mühsam richtete ich mich auf. Ich hatte quer über drei Sitzen gelegen, allein im Abteil, mein Rücken tat weh, mein Nacken fühlte sich steif an. In meine Träume hatten sich hartnäckig Fahrtgeräusche, Stimmen auf dem Gang und Ansagen auf irgendwelchen Bahnsteigen gemischt; immer wieder war ich aus unangenehmen Träumen aufgeschreckt; einmal hatte jemand hustend von draußen die Abteiltür aufgerissen, und ich hatte aufstehen müssen, um sie zu schließen. Ich rieb mir die Augen und sah aus dem Fenster: Es regnete. Ich zog meine Schuhe an, holte meinen alten Rasierapparat aus dem Koffer und ging gähnend hinaus.

Aus dem Spiegel der Zugtoilette betrachtete mich ein blasses Gesicht, die Haare unordentlich, auf der Wange die Abdrücke der Sitzpolsterung. Ich schloß den Rasierer an, er funktionierte nicht. Ich öffnete die Tür, sah noch den Schaffner am anderen Ende des Waggons und rief, daß ich Hilfe bräuchte.

Er kam und blickte mich mit einem dünnen Lächeln an. Der Rasierer, sagte ich, funktioniere nicht, offenbar gebe es hier keinen Strom. Natürlich gebe es Strom, antwortete er. Nein, sagte ich. Doch, sagte er. Nein! Er zuckte die Achseln, dann seien es vielleicht die Leitungen, er könne jedenfalls nichts machen. Aber das sei doch das mindeste, sagte ich, was man von einem Schaffner erwarte! Nicht Schaffner, sagte er, Zugbegleiter. Ich sagte, das sei mir egal. Er fragte, wie ich das meine. Egal, sagte ich, wie man diesen überflüssigen Beruf nenne. Er würde sich, sagte er, von mir nicht beleidigen lassen, ich solle aufpassen, er könne mir auch in die Fresse hauen. Das möge er versuchen, sagte ich, ich würde mich ohnehin beschweren, er solle mir seinen Namen nennen. Er dächte nicht daran, sagte er, und ich stänke und bekäme eine Glatze. Dann wandte er sich ab und ging fluchend davon.

Ich schloß die Toilettentür und sah besorgt in den Spiegel. Natürlich war da keine Glatze; rätselhaft, wie der Affe darauf gekommen war. Ich wusch mir das Gesicht, ging ins Abteil zurück und zog mein Jackett an. Draußen reihten sich immer mehr Gleisstränge, Masten und elektrische Leitungen aneinander, der Zug wurde langsamer, schon war auch der Bahnsteig zu sehen: Werbetafeln, Telefonzellen, Leute mit Gepäckwagen. Der Zug bremste und hielt.

Ich schob mich den Gang entlang in Richtung Tür. Ein Mann rempelte mich an, ich stieß ihn zur Seite. Der Schaffner stand auf dem Bahnsteig, ich reichte meinen Koffer hinunter. Er nahm ihn, sah mich an, lächelte und ließ ihn auf den Asphalt plumpsen. »Entschuldigung!« sagte er grinsend. Ich stieg aus, nahm den Koffer und ging davon.

Einen Mann in Uniform fragte ich nach meinem Verbindungszug. Er warf mir einen langen Blick zu, dann holte er ein zerknittertes Büchlein hervor, tippte bedächtig mit dem Zeigefinger an seine Zunge und begann zu blättern.

»Haben Sie keinen Computer?«

Er sah mich fragend an.

»Egal«, sagte ich, »machen Sie weiter.«

Er blätterte, seufzte, blätterte weiter. »ICE sechs Uhr fünfunddreißig Gleis acht. Dann umsteigen …«

Ich ging schnell weiter, ich hatte keine Zeit für sein Geschwätz. Das Gehen fiel mir schwer, ich war es nicht gewöhnt, um diese Zeit schon wach zu sein. Auf Gleis acht stand mein Zug, ich stieg ein, betrat den Waggon, drückte eine fette Dame zur Seite, arbeitete mich auf den letzten freien Fensterplatz zu und ließ mich in den Sitz fallen. Nach ein paar Minuten fuhren wir los.

Mir gegenüber saß ein knochiger Herr mit Krawatte. Ich nickte ihm zu, er grüßte zurück und blickte woanders hin. Ich öffnete den Koffer, holte meinen Notizblock hervor und legte ihn auf das schmale Tischchen zwischen uns. Fast hätte ich sein Buch hinuntergestoßen, aber er konnte es gerade noch festhalten. Ich mußte mich beeilen, der Artikel hätte schon seit drei Tagen fertig sein sollen.

Hans Bahring, schrieb ich, *hat also seinen vielen …* Nein! … *zahlreichen Versuchen, uns durch Einblicke,* nein, *schlecht recherchierte Einblicke ins Leben bedeutender,* nein, *prominenter,* schon gar nicht. Ich überlegte. … *historischer Persönlichkeiten zu Tode zu langweilen,* jawohl, *nun einen weiteren hinzugefügt. Seine eben erschienene Biographie des Künstlers,* nein, *Malers Georges Braque als mißraten zu bezeichnen, wäre wahrscheinlich noch zu viel Ehre für ein Buch, das ...* Ich schob den Bleistift zwischen meine Lippen. Jetzt mußte etwas Treffendes kommen. Ich stellte mir Bahrings Gesicht beim Lesen des Artikels vor, trotzdem fiel mir nichts ein. Es machte weniger Spaß, als ich erwartet hatte.

Wahrscheinlich war ich einfach müde. Ich rieb mir das Kinn, die Stoppeln fühlten sich unangenehm an, ich mußte mich unbedingt rasieren. Ich legte den Bleistift weg und lehnte den Kopf an die Scheibe. Es begann zu regnen. Tropfen schlugen auf das Glas und zogen gegen die Fahrtrichtung davon. Ich blinzelte, der Regen wurde stärker, die Tropfen schienen im Zerplatzen Gesichter, Augen, Münder zu bilden, ich schloß die Augen, und während ich auf das Prasseln horchte, nickte ich ein: Für einige Sekunden wußte ich nicht, wo ich mich befand; mir war, als schwebte ich durch einen weiten, leeren Raum. Ich schlug die Augen auf: Über die Scheibe zog sich ein Wasserfilm, die Bäume neigten sich unter der Wucht des Regens. Ich schloß den Block und steckte ihn ein. Mir fiel auf, in welchem Buch der Mann vor mir las: *Picassos letzte Jahre* von Hans Bahring. Das gefiel mir nicht. Es kam mir vor, als sollte ich irgendwie verspottet werden.

»Schlimmes Wetter!« sagte ich.

Er sah für einen Moment auf.

»Nicht sehr gut, oder?« Ich zeigte auf Bahrings Machwerk.

»Ich finde es interessant!« sagte er.

»Weil Sie kein Experte sind.«

»Daran wird es liegen«, sagte er und blätterte um.

Ich lehnte meinen Kopf an die Nackenstütze, von der Nacht im Zug tat immer noch mein Rücken weh. Ich holte meine Zigaretten hervor. Der Regen ließ allmählich nach, schon tauchten die ersten Berge aus dem Dunst. Mit den Lippen zog ich eine Zigarette aus der Schachtel. Als ich das Feuerzeug aufschnappen ließ, fiel mir Kaminskis *Stilleben von Feuer und Spiegel* ein: ein zuckendes Gemisch heller Farbtöne, aus dem, als wollte sie die Leinwand verlassen, eine spitze Flamme sprang. Aus welchem Jahr? Ich wußte es nicht. Ich mußte mich besser vorbereiten.

»Das ist ein Nichtraucherwaggon.«

»Was?«

Der Mann zeigte, ohne aufzusehen, auf das Zeichen an der Scheibe.

»Nur ein paar Züge!«

»Das ist ein Nichtraucherwaggon«, wiederholte er.

Ich ließ die Zigarette fallen und trat sie aus, vor Wut biß ich die Zähne zusammen. Na schön, er wollte es so, ich würde nicht mehr mit ihm reden. Ich holte Komenews *Anmerkungen zu Kaminski* hervor, ein schlecht gedrucktes Taschenbuch mit einem unangenehmen Gestrüpp von Fußnoten. Es regnete nicht mehr, durch Risse in den Wolken zeigte sich blauer Himmel. Ich war immer noch sehr müde. Aber ich durfte nicht mehr schlafen, gleich mußte ich aussteigen.

Kurz darauf schlenderte ich frierend durch eine Bahnhofshalle, eine Zigarette zwischen den Lippen, in der Hand einen dampfenden Becher Kaffee. Auf der Toilette schloß ich meinen Rasierapparat an, er funktionierte nicht. Also auch hier kein Strom. Vor einer Buchhandlung war ein Drehständer mit Taschenbüchern: Bahrings *Rembrandt*, Bahrings *Picasso* und in der Auslage, natürlich, ein Hardcoverstapel von *Georges Braque oder Die Entdeckung des Kubus*. In einer Drogerie kaufte ich zwei Wegwerfrasierer und eine Tube Schaum. Der Regionalzug war fast leer, ich drückte mich in die weiche Sitzpolsterung und schloß sofort die Augen.

Als ich aufwachte, saß mir eine junge Frau mit roten Haaren, vollen Lippen und langen, schmalen Händen gegenüber. Ich sah sie an, sie tat so, als bemerkte sie es nicht. Ich wartete. Als ihr Blick meinen streifte, lächelte ich. Sie sah aus dem Fenster. Aber dann strich sie hastig ihre Haare zurück, ganz konnte sie ihre Nervosität nicht verbergen. Ich sah sie an und lächelte. Nach ein paar Minuten stand sie auf, nahm ihre Tasche und verließ den Waggon.

Dumme Person, dachte ich. Womöglich wartete sie jetzt im Speisewagen, aber mir war es egal, ich hatte keine Lust aufzustehen. Es war schwül geworden: Der Dunstschleier ließ die Berge abwechselnd nahe und fern erscheinen, an den Felswänden hingen zerfaserte Wolken, Dörfer flogen vorbei, Kirchen, Friedhöfe, Fabriken, ein Motorrad kroch einen Feldweg entlang. Dann wieder Wiesen, Wälder, Wiesen, Männer in Overalls schmierten dampfenden Teer auf eine Straße. Der Zug hielt, ich stieg aus.

Ein einziger Bahnsteig, ein rundes Vordach, ein kleines Haus mit Fensterläden, ein schnurrbärtiger Bahnwärter. Ich fragte nach meinem Zug, er sagte etwas, aber ich verstand seinen Dialekt nicht. Ich fragte noch einmal, er versuchte es wieder, wir sahen uns hilflos an. Dann führte er mich zu der Wandtafel mit den Abfahrtszeiten. Natürlich hatte ich gerade den Zug versäumt, und der nächste fuhr erst in einer Stunde.

Im Bahnhofsrestaurant war ich der einzige Gast. Dort hinauf? Das sei aber noch ein gutes Stück, sagte die Wirtin. Ob ich da Ferien machen wolle?

Im Gegenteil, sagte ich. Ich sei auf dem Weg zu Manuel Kaminski.

Es sei nicht die beste Jahreszeit, sagte sie, aber ein paar schöne Tage würde ich wohl haben. Das könne sie versprechen.

Zu Manuel Kaminski, wiederholte ich. Manuel Kaminski!

Kenne sie nicht, sagte sie, sei nicht aus der Gegend.

Ich sagte, er lebe seit fünfundzwanzig Jahren hier.

Also sei er nicht von hier, sagte sie, sie habe es ja gewußt. Die Küchentür flog auf, ein dicker Mann stellte eine fettglänzende Suppe vor mich hin. Ich betrachtete sie unsicher, aß ein wenig und sagte der Wirtin, wie schön ich es hier fände. Sie lächelte stolz. Auf dem Land, in der Natur, eben auch hier, in diesem Bahnhof. Weitab von allem, unter einfachen Menschen.

Sie fragte, wie ich das meine.

Nicht unter Intellektuellen, erklärte ich, verkünstelten Angebern mit Universitätsabschluß. Unter Leuten, die noch ihren Tieren nahe wären, ihren Feldern, den Bergen. Die früh schlafen gingen, früh aufständen. Die lebten, und nicht dachten!

Sie sah mich stirnrunzelnd an und ging hinaus; ich legte das Geld abgezählt auf den Tisch. Auf der wunderbar sauberen Toilette rasierte ich mich: Ich war noch nie geschickt darin gewesen, der Schaum mischte sich mit Blut, und als ich ihn abgewaschen hatte, zogen sich dunkle Streifen über mein plötzlich rot und nackt aussehendes Gesicht. Eine Glatze? Unbegreiflich, wie er darauf gekommen war! Ich schüttelte den Kopf, mein Spiegelbild tat das gleiche.

Der Zug war winzig. Nur zwei Waggons hinter einer kleinen Lokomotive, hölzerne Sitze, keine Kofferablage. Zwei Männer in groben Kitteln, eine alte Frau. Sie sah mich an und sagte etwas Unverständliches, die Männer lachten, wir fuhren los.

Es ging steil bergauf. Die Schwerkraft drückte mich gegen das Holz, als sich der Zug in die Kurve lehnte, fiel mein Koffer um, einer der Männer lachte, ich warf ihm einen wütenden Blick zu. Noch eine Kurve. Und noch eine. Mir wurde schwindlig. Neben uns öffnete sich die Schlucht: ein steil abfallender Grashang mit bizarren Disteln und in den Boden gekrallten Nadelbäumen. Wir fuhren durch einen Tunnel, die Schlucht sprang auf unsere rechte und, noch ein Tunnel, zurück auf die linke Seite. Es roch nach Kuhmist. Ein dumpfes Druckgefühl legte sich auf meine Ohren, ich schluckte, und es verschwand, aber nach ein paar Minuten kam es wieder und blieb. Nun gab es schon keine Bäume mehr, nur umzäunte Almen und die Umrisse der Berge jenseits des Abhangs. Noch eine Kurve, der Zug bremste, mein Koffer fiel zum letzten Mal um.

Ich stieg aus und zündete eine Zigarette an. Das Schwindelgefühl ließ nach. Hinter dem Bahnhof war die Dorfstraße, dahinter ein zweistöckiges Haus mit verwitterter Holztür und offenen Fensterläden: *Pension Schönblick,*

Frühstück, gute Küche. Ein Hirschkopf sah mich trüb aus einem Fenster an. Nichts zu machen, hier hatte ich reserviert, alles andere war zu teuer.

Aus: Daniel Kehlmann: *Ich und Kaminski*
(Suhrkamp Verlag, Frankfurt/Main 2003)

Julya Rabinowich

MEIN LEBEN IN VOLLEN ZÜGEN UND DIE WANDLUNG DER GRENZE

Vor 1989 endete die uns bekannte Welt am langen Stacheldrahtzaun mit patrouillierenden Soldaten. Züge, Schiffe, Autos: Der öffentliche Verkehr brach an dieser Stelle ab, der Strom der Mobilität versiegte, um dann nur mehr tröpfchenweise weiterzusickern. Ich kannte diese Welt hinter dem Zaun, diese »Zone«, die in Tarkowskis »Stalker« so lebendig wie chiffriert in Bilder gefasst wird. Bilder, die das Schweigen durchbrechen.

Dieses angespannte Schweigen zu beiden Seiten der Absperrung des Kontrollpunktes. Ich habe sie passiert, als der Eiserne Vorhang noch stand, und ich passierte dieselbe Strecke, dieselbe alte Bruchlinie wieder und wieder: erstmals 1977, dann 1989, und 1996, 1999, 2005, 2013 auf meinen Reisen nach Berlin, nach Prag, nach Budapest, Moskau und Leningrad, das sich kurzerhand seinen Mädchennamen St. Petersburg zurückholte, kaum dass der Kommunismus und mit ihm die alte Ordnung gefallen waren.

Wir fuhren zum Flughafen, nicht mit dem Zug sollte diese Reise, die mein Leben auf den Kopf stellen würde, beginnen, sondern mit dem Flugzeug, eine Entwurzelung soll, wenn sie schon geschieht, am besten radikal geschehen, man reißt sich mit den Wurzeln aus, man stößt sich von der Erde ab. Ich reise übrigens immer noch viel lieber mit dem Zug, der mir eine gewisse Verbundenheit sichert, einen Bodenbezug, und mir mehr Kontrolle erlaubt: Ich kann jederzeit aussteigen, mich auf das gegenüberliegende Gleis begeben und zurückfahren, wenn mir unterwegs Zweifel über meine Destination kommen. Nicht, dass ich das oft gemacht hätte: aber sicherlich schon ein paar Mal. Diese erste Reise prägt also die anderen, ja sogar alle zukünftigen Reisen mit.

Meine eigene Geschichte als Science-Fiction: das Durchschreiten einer solchen Zonengrenze. Als endgültiges Symbolbild dieses Geschehens das silberne Drehkreuz, das damals zwischen mir und dem Westen stand, und da ich mit meinen sieben Jahren sehr klein war, befand sich die silberne Stange nicht in Hand-, sondern in Augenhöhe, und ich konnte meine Eltern nur schemenhaft dahinter erkennen. Ich war die Letzte unserer Familie, die diese Trennlinie passierte. Nur ein einziger Schritt. Dennoch bedeutete dieser Schritt Veränderung für immer. Viele Fantasyfilme fangen so an, nicht wenige hören so auf. Mich als Märchenleserin und leidenschaftlichen Fan des Fantastischen kümmerte das alles damals wenig. Ich ging durch einen kurzfristig geöffneten Riss zwischen zwei Welten. Vergleichbar mit einem Spalt in Zeit und Raum, mindestens so surreal und fantastisch wie all die Science-Fiction-Erzählungen, die ich zu dem Zeitpunkt auf Russisch zu lesen begonnen hatte und später auf Deutsch verschlingen würde, wie zum Beispiel eben jenen *Stalker*, den traurigen Antihelden einer der berühmtesten Science-Fiction-Geschichten russischer Machart (im literarischen Original »Picknick am Wegesrand« der Gebrüder

Strugatzki), der schon in meiner Adoleszenz eine leise Ahnung von eigener Betroffenheit weckte: auch dort: der Stacheldrahtzaun. Das Geheimnis dahinter. Eine fremde, verbotene, durchaus auch gefährliche Welt, deren Gesetze weder ich noch meine Eltern kannten: Alles war möglich. Eine Reise, durchaus mit einer Wanderung ins Weltall vergleichbar, schwerelos, frei von eigener Geschichte: So querte ich den Eisernen Vorhang. Die Schritte fühlten sich an wie immer, aber sie hatten eine ganz neue Bedeutung erhalten. Ich sehe meine Füße immer noch vor mir: Ich trage schwarze Lackschuhe mit kleinem Absatz, weil ich mich für meine erste große Reise herausputzen wollte, man ließ mich, damit ich keine lästigen Fragen stellte. Die Erwachsenen schweigen. Manche weinen. Manche lachen. Und ich schweige auch und gehe ganz feierlich in diesen schwarzen Lackschuhen und weißen, lächerlichen und unpassend festlichen Söckchen über beige Steinquader. Es macht mit jedem Schritt klack klack klack, es ist das einzige Geräusch, das mich umgibt, dieses Klacken. Ledersohlen auf Stein.

Diese meine Erinnerung kann stellvertretend stehen für unzählige Erinnerungen anderer. Weltweit. In Vergangenheit ebenso wie in absehbarer Zukunft. Erinnerungen, die entstehen, wenn Menschen gezwungen sind, aufgrund der politischen Lage ihre Heimat zu verlassen, um sich zu retten, und ihre Kinder gehen mit, so wie ich damals, überall höre ich die Schritte der Kinder, die hinter ihren Eltern ins Exil herstöckeln, oder, noch schlimmer, diese Reise ganz allein antreten müssen, irgendwohin, wo es hoffentlich sicherer ist. Ins Nirgendwo. Ins Überall. Vor der Grenze ist oftmals nach der Grenze. Das Ankommen kann dauern. Manchmal eine Ewigkeit. Auch jetzt, in diesem Augenblick, gehen diese Kinder vor sich hin, so wie ich es damals tat, setzen Schritt um Schritt der Zukunft entgegen.

Die Wunde der ehemaligen UdSSR ist jene, die in mir noch Phantomschmerzen erzeugt, obwohl ich nur relativ kurze Zeit innerhalb dieser Gesellschaftsordnung verbrachte. Sogar diese kurzen sieben Jahre waren ausreichend, um mir ein gewisses Siegel auf meine Kinderhaut zu drücken, in der Beobachtung des Leids und der Angst und des Schweigens der Erwachsenen, im Verlust der Freunde, als wir diese Grenze querten, die damals ein Point of no return war und die heute so durchlässig geworden ist. So durchlässig ist sie, dachte ich letztens im Zug von Budapest nach Wien – jenem Budapest, das mir 1977 wie ein seltsamer Transitraum erschien, in dem wir auf unserer Reise kurz Luft holen konnten, bevor wir ins Meer des vollkommen Unbekannten stachen –, so unglaublich leicht ist es geworden, dieses Gebiet zu kreuzen, noch vor ein paar Jahrzehnten konnte es das Leben kosten, so schnell ändert sich die Welt, eben waren da doch noch Wachtürme und weiche, gelockerte Erde, die nur gelockert wurde, um die Fußspuren der Flüchtenden besser preisgeben zu können, Schüsse, Hunde, ein paar Wagemutige und die vielen, die es nicht schafften.

1977 war ich als Kontingentflüchtling über Budapest nach Wien gekommen, in einer überstürzten Nacht-und-Nebel-Aktion, und hatte damals schon Budapest als meinen persönlichen Check Point Charlie erlebt. Als

Gratwanderung zwischen den Welten. Es fühlte sich nicht mehr an wie die UdSSR, jedenfalls nicht wie jene, die mir bekannt war. Jedoch unterschied sich Budapest noch stark von dem, was uns in der westlichen Welt erwarten sollte.

Und ich sitze nun da, in einem bequemen Zug, der sogar ein Bistro zu bieten hat, ich trinke Coca-Cola und sehe zum Fenster hinaus, und alles ist frei von diesem Schrecken, Menschen steigen aus und zu, sprechen verschiedene Sprachen, auch die Speisekarte ist mehrsprachig, die Welt rückt zusammen, denkt man, wir können miteinander speisen, sprechen, reisen. In Bewegung sein. So durchlässig, denkt man, man ist ja verführt, so zu denken, so durchlässig sind die Grenzen geworden. Der Fall des Eisernen Vorhangs war doch all die Jahre zuvor unvorstellbar. Auf beiden Seiten.

Und gleichzeitig doch wieder gar nicht durchlässig, denn die Durchlässigkeit ist sehr begrenzt, wenn man jüngste Untersuchungen heranzieht, die sich mit Migration und deren Folgen, Chancen und Schwierigkeiten beschäftigen. Gar nicht zu sprechen von der Illegalität, die eine andere, verborgene Realität prägt, die an der Wahrnehmung der Allgemeinheit unbemerkt vorüberzieht, mit all ihren Schrecken und Hilflosigkeiten. Universelle Schrecken, die uns aus der Vergangenheit bekannt sind und dennoch immer weiter perpetuiert werden, ein Samsararad, das sich behäbig dreht und dreht und immer weiterdreht.

Der Mauerfall wurde in Berlin 1989 zu meinem persönlichen und mit Häme erwarteten Mauerfall, nicht zu irgendeinem Mauerfall. Ich kannte ja das System jenseits der Mauer. Viele andere kannten es nicht. Die Vorstellungen, wie die Welt hinter dem Vorhang nun wirklich sei, waren nebelhaft, wabernd, unbestimmt. Aber das Überwältigende war die Tatsache, wie sehr man hüben und drüben bereit war, an das Gute im Menschen zu glauben, an das Beste. Mit offenen Armen aufeinander zu, das war die erste impulsive Reaktion, der erste Gefühlsausbruch. Abwehrhaltungen entwickelten sich erst wesentlich später. Mit den ersten Nachrichten dieses unglaublichen Ereignisses stieg ich in den nächstbesten Zug nach Berlin. Dieses Versagen eines Systems, aus dem ich geflohen war, musste von mir eigenhändig auf seinen Realitätsgehalt abgeklopft werden. Wir machten halt in Prag. Die Schaffner hatten die Abwicklung des Üblichen nicht unter Kontrolle, ich zahlte lächerlich wenig für diese erste Fahrt in die nunmehr ehemalige DDR, ich zahlte in Schilling und sie freuten sich darüber. Unterwegs erinnerte ich mich, wie stolz meine Eltern gewesen waren, als sie 1975 in die DDR reisen durften, sie kamen zurück und taten, als hätten sie die ganze weite Welt gesehen. DDR, das schien uns damals so exotisch wie Kuala Lumpur, so einzigartig wie New York.

Theater, Konzerte, Lesungen entlang der Mauer. Puppenspieler aus England, Musiker aus Italien, Straßenkünstler von überall her. Das Herausbrechen der bemalten Mauerstücke. Menschen, die ihre Füße von der Mauer baumeln ließen und miteinander anstießen. Die ungläubigen Blicke. Die aufgeregten Telefonate mit meinen Verwandten in St. Petersburg. Alles sei nun möglich. Alles. In den folgenden Jahren erlebt die Künstlerszene in den ehemaligen Ostblockländern einen geradezu eruptiven

Ausstoß an kritischen, witzigen, bösartigen Werken: der Deckel vom Druckkochtopf ist verschwunden. Das wird nicht so bleiben. Der Markt wird auch dieses Segment regeln, nach seinen eigenen, starren Gesetzen. Aber noch weiß das keiner der Kunstschaffenden.

Und gleichzeitig weiß man: Es ist nicht alles so, wie es scheint. Für manche sind die Grenzen immer noch dicht. Der Pass entscheidet, der Ort der gnädigen Geburt, der pure Zufall, auf welcher Seite einer Grenze man zu leben kommt – oder zu sterben.

So, wie mein Siegel von mir getragen werden muss, tragen viele Menschen in Österreich und Deutschland die Wunden ihrer Vergangenheit oder der Vergangenheit ihrer Vorfahren, manche Wunden heilen, manche nicht. Diese Wunden bedeuten Geschichte, bedeuten eine gewisse Achtsamkeit im Umgang mit Strömungen, die teilen und entwerten wollen. Diese Achtsamkeit wird Europa, wird die ganze Welt brauchen.

Eva Rossmann

WER WEISS

– Haben Sie den Affen gesehen?
– Es gibt hier keine Affen. Wir sind in Österreich.
– Er war da.
– Und ist auf einem Platz gesessen?
– Nein. Er ist auf der Gepäckablage gehockt.
– Wahrscheinlich, weil er seinen Koffer nicht aus den Augen lassen wollte.
– Er hat kein Gepäck mitgehabt.
– Sonst wäre es auch nicht so einfach für ihn gewesen, zu verschwinden.
– Sie glauben mir nicht.
– Sagen wir so: Es spricht einiges gegen einen Affen im Zug.
– Er war grau. Er hat einen grünen Schwanz gehabt. Und eben ein Affengesicht. Ohren, fast wie bei einem Menschen. Aber schwarz. Zirka achtzig Zentimeter hoch. Der Affe. Nicht die Ohren.
– Ein Halbaffe also.
– Wie Sie meinen. Ich weiß nicht, was die andere Hälfte sein sollte. Es war ein ganzer Affe.
– Klingt nach einem Green Vervet Monkey.
– Sie haben ihn also doch gesehen.
– Nein.
– Woher wissen Sie dann, was es für einer ist?

– Ich weiß es nicht, ich vermute es. Ich kenne mich aus. Ich habe solche Affen schon gesehen.
– In der Eisenbahn?
– In den Bäumen. Das meine ich ja. Hier gibt es keine Affen.
– Wohin fahren Sie?
– Ich würde jetzt gerne lesen. Es ist verrückt. Üblicherweise ist die zweite Klasse voll und die erste Klasse leer und heute ist es umgekehrt. Und deswegen bin ich in die zweite Klasse gegangen. Weil mir die Klassen an sich nichts bedeuten, das müssen Sie mir glauben. Nur der Platz.
– Sie fahren üblicherweise in der ersten Klasse? Das habe ich mir schon gedacht. Dort gibt es wohl keine Affen.
– Nein.
– Ich fahre nie erster Klasse. Ich fahre bis zur Endstation.
– Sie wohnen dort?
– Ich bringe nur gerne Dinge zu Ende. Ich will den ganzen Weg fahren, wenn ich schon fahre.
– Man fährt, um am richtigen Ort anzukommen.
– Das sagen Sie. Aber Sie haben ja auch den Affen nicht gesehen.
– Man muss Unnötiges vermeiden.
– Wer sagt, dass ein Affe unnötig ist?
– Ich meine unnötige Zeitverschwendung.
– Wissen Sie, wann Sie sterben?
– Jetzt ist es aber genug.
– Tut mir leid, aber nur dann können Sie wissen, wieviel Zeit Sie haben. Ansonsten: offenes Ende. Es kommt, aber es ist nicht klar, wann. Und wie.

– Zeit hat, wer nichts zu tun hat. Ich habe zu tun.
– Momentan?
– Ich habe zu lesen.
– Sie müssen?
– Ich will. Man muss auf dem Laufenden sein.
– Sie müssen also doch. Ich habe Zeit und muss nichts.
– Gehen Sie den Affen suchen.
– Ich habe Sie also doch überzeugt.
– Nein, aber so vergeht Ihre Zeit.
– Und Ihre auch. Entschuldigen Sie, aber auch Ihre vergeht.
– Eben.
– Ist es nicht eigenartig, wie schnell der Zug fährt?
– Das ist der neue Zug, der ist schneller. So braucht man weniger Zeit.
– Und was machen Sie dann mit der anderen Zeit?
– Ist doch egal! Arbeiten. Oder endlich meine Zeitung lesen. Oder von mir aus auch in die Luft starren.
– Und deswegen wollen Sie schneller ankommen?
– Das war bloß ein Beispiel! Ich starre nicht in die Luft. Nie.
– Vielleicht sehen Sie deswegen keine Affen.
– Das überlasse ich denen, die dafür Zeit haben.
– Da habe ich aber Glück. Und die Zeit habe ich auch. Es gibt einen Spruch, den irgendwelche Eingeborenen gesagt haben sollen: Ihr habt das Geld, aber wir haben die Zeit.
– Unsinn. Zeit ist Geld.
– Dann müsste ich sehr reich sein.
– Indem Sie mir die Zeit stehlen?
– Pardon. Aber das ist nicht wahr. Wir sitzen beide im

Zug. Jetzt und hier. Wir sind zugleich losgefahren. Wir würden zugleich am gleichen Ort aussteigen. Wenn Sie die Fahrt bis zum Ende machen würden. Wir haben beide dazu ganz gleich viel Zeit. Ich kann sie Ihnen nicht stehlen. Das wäre ja absurd. Dann wäre mein Weg doppelt so lange und Ihrer gar nichts.

– Seien Sie so gut und fangen Sie jetzt nicht auch noch mit dem Quatsch von den Parallel-Universen an.

– Interessant, dass Sie das erwähnen. Im Zug kann ich mir am besten vorstellen, dass man irgendwann einmal gebeamt wird. Man saust durch und ist dann anderswo. Man muss sich nur vorstellen, dass das noch viel schneller geht als der schnellste Zug.

– Sie vermischen etwas. Bei der Parallelwelt ist die Zeit irrelevant. Alles passiert sozusagen gleichzeitig, aber auf verschiedenen Ebenen.

– Da hoffe ich bloß, dass die sich nicht im Stockwerk irren und die Züge zusammenstoßen.

– Dann könnte Ihr Affe vom Gepäckträger fallen.

– Ist er wieder da?

– Nein!

– Schade. Meinen Sie, es wäre eine Möglichkeit, ihn in so einer Parallelwelt zu suchen?

– Nein.

– Vielleicht leben wir ja alle in unserer eigenen Welt.

– Kann sein. Jedenfalls haben unsere Welten nicht viel miteinander zu tun.

– Aber sie könnten einander treffen.

– Ein Zufall. Ein Unfall. Wie das da in der falschen Klasse.

– Ich meine das anders. Man kann einander treffen. Mit

einem Knall. Und ganz ohne Unfall. Zumindest für einige Momente. Zeitlos.
– Ach so, Sie meinen Sex.
– Ich meinte Liebe.
– Ganz ohne Unfall! Sind Sie weltfremd!
– Wer so denkt, hat keine Zusammenstöße zu befürchten.
– Eben. Also probieren Sie es nicht länger. Nicht einmal einen Moment lang.
– Jetzt sind Sie ungehalten. Das tut mir leid.
– Es gibt keine Parallelwelt.
– Interessant. Affen. Parallelwelten. Liebe. Alles existiert für Sie nicht und doch reden wir darüber.
– Sie.
– Was?
– Sie reden mit mir darüber.
– Sie reden mindestens ebenso viel. Es gibt Shows, da haben sie so mitlaufende Uhren und die zählen genau, wie lange wer am Wort war. Oder wie lange der für irgendwas gebraucht hat.
– Sehen Sie. Auch dafür benötigt man die Zeit.
– Die ist da. Ob man sie misst oder nicht.
– Es geht um Wettbewerb.
– Und was, wenn der eine eigentlich viel mehr Zeit hat als der andere? Das ist doch unfair.
– Wer schneller ist, gewinnt.
– Was?
– Ist doch egal! Geld. Einen Blumentopf. Ehre.
– Dieser Zug gewinnt also viel Geld, viele Blumentöpfe und jede Menge Ehre.
– Und warum, bitte?

– Weil er so schnell ist. Schneller als andere.
– Der Zug steht nicht im Wettbewerb.
– Wenn er steht, hat er verloren, nicht wahr?
– Im Wettbewerb stehen keine Züge … also sind keine Züge … So ein Zug ist ja kein Mensch! Im Wettbewerb sind Unternehmen.
– Und die unternehmen dann etwas, dass ihr Zug schneller ist und weniger Zeit vergeht, damit Sie in die Luft schauen können.
– Ich schaue nicht in die Luft!
– Also bitte: Deswegen müssen Sie doch nicht laut werden.
– Ich krieg die Krise.
– Erst jetzt? Die Krise gibt es doch schon seit Jahren.
– Für alle, die nicht tüchtig genug sind.
– Und jetzt sind Sie nicht mehr tüchtig genug?
– Nein! Das war bloß so ein Ausdruck! – Haben Sie keine Kinder?
– Tut mir leid, bloß eine Katze.
– Ich dachte, einen Affen!
– Der Affe war nicht von mir.
– Sie sollten zum Arzt gehen.
– Wer hat jetzt von dem Affen angefangen? Ich hoffe bloß, er kommt noch einmal vorbei. Ich habe seine Augenfarbe nicht gesehen.
– Braun.
– Also doch!
– Nein. Affenaugen sind braun.
– Sie sind wohl Experte für alles.
– Man weiß Bescheid.

– Ich krieg die Krise.
– Wissen Sie übrigens, dass jede Krise eine große Chance ist?
– Nein.
– Man hat die Möglichkeit, sein Leben neu auszurichten.
– Sagen Sie das den Griechen, die jetzt keine Arbeit und keine Krankenversicherung haben.
– Auch Griechenland wird es bald besser gehen.
– Na. Ist ja nicht weiter schwer. So wie es ihnen jetzt geht.
– Wir unterstützen sie.
– Was? Mich?
– Die Griechen.
– Gibt es eigentlich Affen in Griechenland? Auf Gibraltar soll es welche geben.
– Das ist nicht in Griechenland!
– Habe ich auch nicht behauptet.
– Jetzt fährt der Zug einhundertsiebenundneunzig Stundenkilometer, schon beachtlich.
– Aber der Schall ist schneller. Und das Licht noch schneller. Also hat der Zug verloren, oder?
– Man kann nicht alles mit allem vergleichen.
– Aber eine Krise ist für alle eine Chance.
– Nicht momentan!
– Wenn Sie schon alles wissen: Wie lange dauert ein Moment?
– Ein Moment. Einen Moment eben.
– Falsch. Er war schon, wenn man ihn denkt. Er dauert eigentlich gar nicht.
– Ich weiß nicht, warum ich mich auf dieses Geschwätz einlasse!

– Danke. Wie lange dauert die Unendlichkeit?
– Ich hab für so etwas keine Zeit! Die Unendlichkeit ist bloß eine Annahme.
– Sie Armer. Natürlich gibt es sie. Wenn man lauter Momente aneinanderstellt, dann hat man die Unendlichkeit. Das ist doch ganz logisch. Wenn man das ganz Kleine zusammenzählt, ergibt es das ganz Große. Und das ganz Kleinste ergibt das ganz Größte.
– Ich steige jetzt dann aus.
– Das habe ich mir schon gedacht.
– Ich komme dort an, wo ich will.
– Wenn Sie sich da bloß nicht täuschen.
– Also: Auf Wiedersehen!
– Das ist nett von Ihnen.
– So habe ich das nicht gemeint.
– Wer weiß. – Werden Sie sich an mich erinnern, wenn Sie sterben?
– Kann ich mir nicht vorstellen.
– Aber wenn man stirbt, so sagt man, zieht das ganze Leben an einem vorbei.
– Das wird sich bei mir nicht ausgehen. Und auch abgesehen davon, ich glaube nicht, dass ich mich an Sie erinnern werde.
– Ich werde mich an Sie erinnern.
– Warum?
– Weil Sie den Affen nicht gesehen haben.

Peter Rosei

WOHIN DIE REISE GEHT

Übers Zugfahren kann man so einiges erzählen.

Wie ich seinerzeit mit HC von Berlin Richtung irgendwo fuhr, und der Schaffner sagte: »Nehmen Sie die Beine von der Bank herunter!« und HC sagte darauf: »Ich bin kriegsbeschädigt.«

Wie wir dann im Abteil tafelten: Pichelsteiner Topf, Rotkäppchen-Sekt, Bockwurst (MITROPA)

Hinten glimmt der rötliche Sand, schüttere Kiefern und so; Mond hinter schwarzen Wolken

Davon abgesehen ist mir die liebste Reise die nach Venedig, möglichst im Frühling: Gibt dir um etwa acht Uhr der Schlafwagenschaffner das Frühstückstablett herein, kannst du hinter der Ebene mit den kleinen, grauen Häuschen und den immergrünen Bäumen darauf die noch schneebedeckte Gebirgskette sehen – wie auf einem Bild von Cima de Conegliano

Ich hatte mir ein Single nach Berlin genommen (wieder Berlin!), was dazu führte, dass man mich für einen Schmuggler oder sonstwas hielt und gnadenlos filzte

Der Shinkansen braust durch das gerümpelhafte Gehüttel japanischer Vorstädte, und das geht Stunden so, Reisfelder dazwischen, Hochbauten, Gemüsebeete bis an den Horizont: Darüber aber Fuji San, weiß gekrönt, wunderhübsch – jetzt geht's nur mehr eine Stunde bis Tokyo

Mit dem ROTEN PFEIL komme ich, aus Moskau, in Petersburg an und da – wirklich! – steht Wronskij, in schmucker Uniform, und da vorn, tatsächlich, läuft die Karenina her, aufgeregt, allerliebst, ihr Hütchen, die Röcke, die Schuhe, das kleine, weiße Gesicht: Anna! Anna!

Allerhand Weiden und angestaute Flussläufe voller braunem Wasser, mit Fischern in Booten darauf, gelegentlich schwelender Rauch aus Industrien, Vorstadtluft

Balkanfahrten sind immer alkoholisch: Da kannst du mit den besten Vorsätzen einsteigen, irgendwer hat immer was dabei, und das Angebotene ausschlagen gilt nicht, wie in Petuschki

Hinter Brašov geht es steil ins Altrumänische hinunter, irgendwie serpentinenlos, direkt

Wir stehen endlos mitten auf der Strecke, im Niemandsland eines frühen Abends, wie er nur über großen Ebenen sich entwickelt, und irgend jemand sagt: »Jetzt wären wir schon längst in Leiden!« Dann: »In Haarlem!« »In Amsterdam!« usw.

Züge können verdammt was mit einem anstellen.

Es geht durch Korea, mitten in der Nacht, mein Begleiter, ein ältlicher Professor, hat ständig den Verdacht, wir befänden uns im falschen Zug. Um ihn zu beruhigen, lese ich ihm die Namen der Stationen vor, durch die wir kommen, obwohl ich die Schrift nicht lesen kann

Von Cheng-du Richtung Süden denke ich an Meister Du Fu, und wie der wohl diese rasende Fahrt beschrieben hätte

Bei Saalfelden fällt mir plötzlich mein kleiner Sohn ein, und ich denke so innig an ihn, kann nicht ausweichen, dass ich an den Tod denken muss, der alles aufhebt: die

Landschaft von Schneetüchern verhangen, das Gefels, die Tannen, die eisigen Wasser

Kanadische Züge sehen wie elegante Koffer von Rimowa aus, glatt, aus vernietetem Alu; innen sehr komfortabel

Manchmal brauchst du dir bloß den Namen eines Zuges, den einer Company vorzusagen, etwa UNION PACIFIC oder MEDIOLANUM oder CHOPIN, und schon entfaltet sich … und du siehst

Früher der braune Strich des Abdampfes neben den Geleisen, die rüsselförmigen Wasserpumpen, das Schlagen der Räder

Ich schlafe, von den Eltern hineingebettet, im Gepäcknetz, verdammte Nostalgie!

*

Es gibt keine Speisewägen mehr.

Es ist eine Dummheit, dass hierzulande immer mehr Bahnstrecken eingestellt werden.

Die Dummheit reicht bis ans Ende der Welt und also weiter als jedes Gleis.

Ich fahre nach Berlin. Zugreisen haben ein Seltsames, so oft immer man sie auch unternimmt. Davon später.

Das Rauschen des Dampfes in den Heizungsrohren, das Pochen. Und all die Menschen herum, die sich ganz ungeniert und ohne es recht zu überlegen *Auf Wiedersehen* sagen. Das Auffalten der Zeitungen. Und wie ganz selbstverständlich die einen zurückbleiben, während die anderen fortfahren.

Ich fahre nach Berlin. Es wird eine Nachtfahrt werden. Noch ist es hell. Nur die Zugbegleiter haben schon ihre Taschenlampen angeknipst.

Die schöne Geschichte des Nachdenkens, im Zug, beim leisen Geplauder der Mitreisenden. Einer hat schon den Mantel übers Gesicht gezogen. Die meisten sitzen ruhig in dem gedämpften Licht, wie Puppen, denen ein wenig kalt ist, ohne dass sie schon frieren müssten.

Man fragt mich nach der Uhrzeit. Moment, sage ich, es dürfte auf neun Uhr gehen.

Den Titel des Films habe ich vergessen, aber ich erinnere mich an die Story, ganz simpel, einer fuhr mit dem Nachtzug und erlebte dabei sein ganzes Leben in Rückblenden, in dem Sinn, dass die Bahnstationen die Stationen seines früheren Lebens darstellen oder symbolisieren sollten, ich glaube, es war ein polnischer Film.

Jemand reicht ein Neugeborenes durch die dunklen Abteile. Man flüstert und reicht das warme Bündel weiter. Manchmal lacht das Baby leise, oder es quietscht. Die weißen Tücher, in die es eingeschlagen ist, schimmern im Dunklen. Alle wissen, dass nicht gesprochen werden darf. Der ganze Zug gleicht einem stillen, abgedunkelten Kreißsaal.

Diese Schulbank, in der ich sitze, ist aus Holz. Der Lehrer geht durch die Reihen und tippt mich von hinten mit einem Holzstab an. Jetzt erst merke ich, dass die Bank viel zu klein ist, dass ich viel zu groß bin für diese Bank, und dass mein Dasitzen in dieser Bank erbärmlich ist und dass ich gedemütigt werde.

Festlichkeit des Speisewagens! Der Fliegende Teppich! Ich lege mein Gesicht an die kalte Scheibe. Dunkles Land.

In einer Kurve sehe ich die Spitze unseres Zuges, die bewohnten Abteile, die Geschmeidigkeit der Gelenkwagen. Die Kellner tragen blitzende Tablette. Ein fremder Herr setzt sich an meinen Tisch. Er ist müde und abgebraucht. Er nimmt seine Brille vom Gesicht. Es ist mein Lehrer. Ich bin Peter Rosei, sage ich, ich war Ihr Schüler. Sie sind groß geworden, antwortet er etwas spöttisch, verdammt groß, ich hätte Sie gar nicht wiedererkannt.

Dann kommt die Liebe. Dann kommen die anderen.

Im Warteraum irgendeiner Behörde: Ich sitze in einem dieser Schalensessel, der Boden ist Linoleum, die Wände sind weiß, die Füße habe ich lang ausgestreckt. Die Türen sind hier ebenfalls weiß, mit verchromten Klinken und oben verchromten Selbstschließmechanismen, seltsam. Sonst ist der Raum ganz leer, bis dann die Monitore hereingerollt werden. Jetzt wird es dunkel, auf den Scheiben der Monitore tauchen Gesichter auf, viele Gesichter, und immer andere Gesichter, und dir kommt bald vor: Den kenne ich doch! Das war doch … ich weiß schon … Aber die Bilder springen flott weiter, und du weißt gar nichts, du kommst einfach nicht mit, du kannst nichts festhalten.

Wie gerne wäre ich jetzt auf einem Fest und würde mich freuen.

War es ein belgischer Film, den ich seinerzeit gesehen habe, diese Geschichte mit dem Zug?

Man fragt mich nach der Uhrzeit. Hat denn hier überhaupt keiner eine Uhr dabei – außer mir? Außer mir.

*

Nicht alle Zugfahrten sind poetisch. Wie man ja auch nicht immer nach Berlin fährt. Zum Beispiel, man fährt nach Sankt Pölten. Oder nach Sankt Valentin

Auf der Fahrt von Zürich nach Freiburg fiel einmal die Heizung aus

In Köln drängen Faschingsnarren herein, alle besoffen

Zwischen Bruck an der Mur und Selzthal schenkt mir ein Mitreisender eine Salzgurke, ausgerechnet, er hat ein Glas voll mit dabei

In der schachtelförmigen Haltestelle von Kasten ziehe ich mir, von einer verregneten Bergtour kommend, gerade die Hosen aus, als ein Zug mit Schulkindern einfährt

(Diese Bahnlinie existiert nicht mehr.)

Auf dem Bahnhof von Helsinki sind alle Perrons ohne Dach, man fährt russische Breitspur

Irgendwo in Texas gehe ich einen aufgelassenen Gleiskörper entlang

Die Zugtoiletten nicht vergessen!

Die Buffet-Wägelchen!

Der Keleti-Bahnhof in Budapest, der Neue Hauptbahnhof in Berlin (sic!), die Gare de l'Est in Paris, die Stazione Termini in Rom

Jetzt dampfen wir schon eilig von London Richtung Norden. Bin ich jetzt Charing Cross eingestiegen oder Victoria?

Oder ist es doch nur der Personenzug nach Bratislava?

Mir ist jede Eisenbahn lieber als das Flugzeug

Ich benütze die Bahn, wo immer ich kann

Hauptbahnhöfe, Bahnhöfe, Haltestellen etc.

Jetzt fahren wir wieder

Spüren Sie's?
Nein?
Man sieht's doch am Zug gegenüber!

Ilija Trojanow

DER HIMMEL ÜBER KAPIRI MPOSHI

Der Himmel über Kapiri Mposhi, einem Verkehrsknotenpunkt im Norden Sambias, hat sich mit der Sonne verkracht. Der Ort wirkt wie die Kulisse für einen Western, in der sich nur noch unlustige Statisten aufhalten. Die staubige Hauptstraße ist so breit wie ein Flugfeld, die großen Laster fahren einfach rechts ran, die Fahrer löschen ihren Durst in einer der vielen Bars.

Kapiri Mposhi hat eine Durchgangsstraße und einen Bahnhof, die Endstation der berühmten *TAZARA* (oder *TANZAM* – Tanzanian-Zambian-Railways), die in Dar-es-Salaam an der Küste Tansanias beginnt. Von den Chinesen geplant, durch großzügige Kredite finanziert und mit 15000 Bauarbeitern unterstützt, genießt dieses Mammutwerk international einen schlechten Ruf. Kaum eine andere Eisenbahnlinie wurde so oft totgesagt. Und doch fährt die *TAZARA* seit ihrer Eröffnung im Oktober 1975 Tausende von Kilometern durch spärlich bewohntes Gebiet und bildet die einzige ernsthafte Verbindung zwischen den beiden Ländern.

Nach Süden reisende Passagiere müssen in Kapiri Mposhi in einen Zug umsteigen, der zwischen Sambias Hauptstadt Lusaka im Süden und den Kupferminen im Norden verkehrt. Der Bahnhof besteht aus einem Gebäude vor dem Bahndamm. Die Wartenden nisten sich am Bahndamm ein, in Decken gehüllt, von Lagerfeuern erwärmt. Entlang des gesamten Bahndamms lodern Flammen. Frauen halten zwischen Körper und Decke ihre Kinder warm, ihre Oberkörper nach vorne gekrümmt. Das Gepäck wölbt Plastiktüten aus. Transistorradios, neben den Plastiktüten das am weitesten verbreitete westliche Kulturgut, rauschen und stimmen den Zeitvertreib an.

Niemand weiß genau, wann der Zug ankommen soll – es wird irgendwann in dieser Nacht sein. Die Atmosphäre des Wartens verflüchtigt sich nach Mitternacht. So als stünde nun der Zug außerhalb der Zeit. Die Wartenden legen sich hin, kauern sich zusammen. Die Bar im Bahnhaus schließt. Die Trinker gönnen sich eine letzte Flasche und hocken sich vor der Außenwand nieder.

Noch bevor die insektenbehängten Lichter des Zuges zu sehen sind, explodiert die Schläfrigkeit zu börsenartiger Hektik. Die Leute hören wohl die Lok. Feuer austreten, Kinder auf die Schulter, Decke in die Plastiktüte, Transistorradio in die Hosentasche, Bierflasche wegwerfen, Körbe unter den Arm klemmen, und nichts wie den Abhang hinauf: Die Ausgangsposition ist entscheidend. Der Zug fährt Minuten später durch ein Spalier übermüdeter Reisender. Er hält an, und der letzte Rest an Müdigkeit wird im Kampf um den Einstieg erdrückt. Die Stärkeren ergreifen die Eisenstange neben der Tür und ziehen sich an den Zug heran, gleichzeitig die Konkurrenten zur Seite schiebend. Dann lassen sie ihre Reisebegleiter unter den Armen hindurchschlüpfen, die Hinteren drücken die Vorderen hinein, das Gepäck wird nachgereicht, wandert über die Köpfe, wird geschwungen und geworfen, während Schreie widersprüchliche Anweisungen geben. Ich spüre die Nähe, rieche den Schweiß, fühle Haut, Stoff, Speichel. Für Ekel ist kein Platz, auch nicht für Nachgiebigkeit. Wer nicht mitschiebt, bleibt draußen.

Die Abteile und Gänge sind schon voll. Die Zusteigenden füllen den Vorraum hinter der Tür: Auf drei Quadratmetern kommen zwanzig Menschen unter. In der einen Ecke schlummern Arbeiter aus den Kupferminen, halb liegend, halb sitzend auf Säcken und Körben. Frauen haben sich so hingehockt, dass die Kleinen auf ihren Knien schlafen können. Ein junger Mann steht wie ein Storch auf einem Bein, das andere stützt sich an der Wand ab. Bei der nächsten Station, eine halbe Stunde später, wollen Leute zusteigen. Drei Frauen schaffen es, dann drückt ein großgewachsener Mann, der einen Platz hinter der Tür gefunden hat, diese zu.

Draußen bleibt ein Jugendlicher, auf der Treppe – er versucht, die Tür aufzudrücken. Nein, kein Platz mehr, nichts geht mehr, unmöglich, wird ihm bedeutet. Der Jugendliche beharrt darauf hereinzukommen. Er stemmt sich gegen die Tür, pocht darauf. Der Mann von drinnen hat mehr Kraft; die Tür weicht kein Stück. Der Zug fährt an, der Junge presst sein Gesicht gegen die Scheibe und fordert Einlass. Die Worte hört niemand, will niemand hören. Nein, es reicht. Die, die drinnen sind, haben das beschlossen. Fünfundzwanzig Menschen auf drei Quadratmetern, das reicht, irgendwo muss eine Grenze sein. Wir können niemanden mehr aufnehmen. Aber der Jugendliche hat keine Alternative, er kann sein Glück nicht bei einem anderen Waggon probieren – der Zug hat

Fahrt aufgenommen. Der Wind rauscht an seinem irritierten und zunehmend verschreckten Gesicht vorbei. Die Zusammengepferchten im Inneren haben ihn abgeschrieben. Sie haben sich geeinigt, dass er draußen bleiben soll. Ein jeder versucht, einzudösen.

Minuten später versucht der Jugendliche, den großgewachsenen Mann zu überraschen. Unvermittelt drückt er mit beiden Beinen gegen die Tür, die auffliegt und einer Frau in den Rücken knallt. Der Mann reagiert schnell, wirft sich dagegen, der Jugendliche hängt weiterhin draußen, bei voller Fahrt. Er verlagert sein Gewicht, auf der Suche nach einer besseren Stellung. Nach einiger Zeit vernachlässigt der großgewachsene Mann seine Aufgabe, die Augen fallen ihm zu. Der Jugendliche wirft sich ein letztes Mal mit aller Kraft gegen die Tür, sie springt auf, und er windet sich rasch hinein, zwischen die Frauen und den großgewachsenen Mann. Die beiden blicken sich kurz und stumm an. Es ist vorbei, der von draußen hatte die größere Ausdauer.

Aus: Ilija Trojanow: *In Afrika. Geschichte und Mythos Ostafrikas*
(Marino Verlag, München 1993)

Anna Weidenholzer

FRANZ

Die *Drehscheibe* hat für immer geschlossen, und ich bin traurig davor gestanden. Weil es keinen Bahnhof ohne *Drehscheibe* geben kann, weil nirgends das Mittagessen besser und die Getränke schöner, weil die *Drehscheibe* da war, noch bevor diese Halle eröffnet wurde. Alles haben sie neu gebaut, den Bahnhof mit seinen Lokalen und Wartebänken, die *Drehscheibe* ist mitgekommen. Und welches Bild ist mir von früher geblieben: eine Ankunftshalle mit Gemälden an der Wand, ein Stück Wurst auf dem Boden, der Einser-Bahnsteig, an dem die langsamen Züge hielten, der Weg dorthin und Franz, der sagte: Die Bilder hat uns Hitler gebracht. Ich weiß nicht, woher Sie kommen, aber Sie klingen, als wären Sie nicht von hier. Sie müssen wissen: So ein Satz erschreckt uns nicht, wir haben unsere Hitlerbauten wie Wien seinen Gemeindebau. Linz Hauptbahnhof, heute sitzen viele hier, ich weiß nicht warum. Ich habe diese Halle mehrmals pro Woche durchquert, bei der Bezirkshauptmannschaft in die Unterführung hinab, am Landesdienstleistungszentrum vorbei und dann weiter hinein in den Untergrund, vorbei an den Jugendlichen, die dort am Eingang vor dem Schild *Bitte Durchgang freihalten* warten, durch die Gruppe hindurch, links hinein zu meinem Tisch oder direkt geradeaus zum Bahnsteig Nummer vier. Hier sitze ich zum ersten Mal, es hätte bislang keinen Grund gegeben, eine Wartezeit auf dieser Bank zu verbringen. Meine Wartezeiten, die aus der Gewohnheit entstanden sind, zwei, drei Züge später zu fahren. Bis um zweiundzwanzig Uhr vier sind wir gut angebunden, danach ist es ohnehin schon Zeit, zuhause zu sein.

Warten Sie, bleiben Sie, stellen Sie Ihre Tasche ab. Die *Drehscheibe* hat geschlossen, und ich bin traurig davor gestanden. Vor zwei Wochen zum ersten Mal, danach ein zweites, ein drittes, ein viertes und ein fünftes Mal. Bis ich sicher war, dass das kein Urlaub ist, dass da endgültig kein Licht mehr brennt und die Türen für immer verschlossen sind. Bis Zettel angebracht wurden, mit dem Hinweis, wo die Einrichtung ersteigert werden kann. Bis Christine sagte: Du bist zu lange weg gewesen, du hast keine Zeitung gelesen, das kommt davon, wenn man die Stadt für so lange Zeit verlässt. Da schließt das liebste Lokal für immer, und alles, was bleibt, ist ein Stück Papier an der Scheibe. Christine lachte und sagte, schau, die Baustellen gehen voran, bald werden alle Türme stehen, aber mein Schreibtisch wird weiterhin im höchsten sein. Das ist nur der sechste Stock, sagte ich. Ja, aber trotzdem, möchtest du Kaffee, ich freue mich, dass du gekommen bist.

Wissen Sie, ich bin zu lange weg gewesen. Wenn einer das liebste Lokal genommen wird und die kleine Schwester schon vorher davon weiß, was dann. Wir müssen weitergehen, hätte Franz gesagt, davon sprach er damals schon, als wir uns kennenlernten, am Tisch ganz hinten mit Blick auf die Tür. Aber wenn es keinen vernünftigen Ort mehr gibt, an dem man sitzen kann. Sie werden etwas Neues bauen, sie werden eine Gastronomie finden, die hier einziehen mag. Wien, Linz, Salzburg, Graz. Alle Bahnhöfe wurden schön gemacht, auch Attnang-Puchheim wird jetzt ordentlich. Sehen Sie, ich bin viel mit dem Zug unterwegs, die Jahreskarte, mein Geschenk zur Pension, ich trage sie immer bei mir. Bald wird es auch in Attnang-Puchheim angenehm sein, umzusteigen, wir werden auf Bänken wie diesen sitzen und denken: Die Bahnhöfe werden zunehmend austauschbar. Es wäre doch wichtig zu merken, an welchem Ort man ist. Die *Drehscheibe* war einzigartig: eine Insel, ein Hort, ein Zufluchtspunkt. Das liebste Lokal zeichnet aus, dass der Kellner ohne Worte die Bestellung kennt, auch wenn man nur einmal in der Woche kommt. Neunzehn Jahre, was haben Sie am siebzehnten Juni neunzehnfünfundneunzig gemacht? Ich habe einen Zug verpasst, ich wollte nach Ottakring, damals brauchte man noch länger dorthin. Ich war früh aufgestanden, ich hatte alles genau geplant, meine Reisetasche am Vortag gepackt, die Uhr nach vorn gestellt, und bin trotzdem zu spät gekommen. Komm, bitte bleiben Sie, sagte der Kellner, als ich in das neue Gasthaus hineinschaute, wir haben so wenige Frauen hier. Ich blieb und bestellte Apfelsaft. Pur, fragte er und ich nickte. Pur trinken nur wenige, sagte er. Hätte es nicht geregnet, wäre ich im Park gesessen oder auf den Treppen zwischen den Löwen, unseren Löwen, die am neuen Bahnhof blieben, weil wir sagten: Nehmt uns unseren Treffpunkt nicht. Hätte ich keinen Zug versäumt und keinen Regen erwischt, wäre unter Umständen alles anders gekommen. Sie kennen diese Tage, von denen man im Konjunktiv spricht. Wären Sie rechtzeitig zum Bahnhof gekommen, müssten Sie jetzt nicht hier Ihre Zeit verbringen. Die Bänke sind schlecht, sie sind früher besser gewesen. Ich spreche nicht gern davon, dass es früher besser gewesen ist, ich komme mit der Gegenwart im Allgemeinen gut zurecht. Man könnte es folgendermaßen ausdrücken: Es ist alles sauberer geworden, es liegt keine Wurst mehr herum, wir haben Lehnen, die uns von einander trennen, die uns unsere ordnungsgemäßen Sitzbereiche zuweisen. Wir haben Personal, das über unsere Sicherheit wacht. Wir haben ein großes Angebot an Lebensmitteln und sonstigem Bedarf. Wir sollten öfter hier sitzen und das trinken, was wir zuvor im Supermarkt gekauft haben, aber in Maßen. Und wir alle sollten öfter traurig sein.

Ich hatte einen Zug versäumt, es regnete und der Kellner sagte: Bleiben Sie, es zieht in einer Stunde wieder auf, und ich trank einen zweiten Apfelsaft, dieses Mal gespritzt, es hätte mir sonst den Mund verklebt. Die Bahnhofspolizisten kamen betrunken zur Tür herein, sie setzten sich nicht, sie tranken schnell ein Bier im Stehen und lachten laut. Vor mir lag die Fahrkarte, die ich am Schalter links außen gekauft hatte, dieser lange Streifen Papier, auf dem zu lesen war *Wien Westbahnhof*. Ich dachte an die Frau vom Schalter, an ihre Haare, die am Ansatz heller waren, an ihre geschminkten Lippen und den Mohn zwischen den Zähnen. Franz saß am Tisch links vorne, aber wir kannten uns noch nicht, wir alle waren Neue hier. Ich gab dem Kellner ausreichend Trinkgeld und trug meine Tasche zur Tür hinaus.

Fünf Jahre später saßen wir gemeinsam am Tisch, ich neben Franz auf dem Platz, den er täglich für mich freihielt, auch wenn ich nicht täglich kam, auf dem Platz, auf den er klopfte, wenn er mich die Tür öffnen sah. Franz trug seine Locken nackenlang, er schmückte sich mit Ringen und Ketten, er sagte: Gold kommt immer gut, du trägst doch auch etwas auf dem Handgelenk. Franz, der sagte: Das gefällt mir, diese Art. Franz, der Schnapsgläser in Biergläsern versenkte. Wir bauten Häuser aus Bierdeckeln, wir waren gut darin, wir bauten so lange, bis eines zusammenfiel, dann begannen wir wieder von vorn, wir hatten beide eine ruhige Hand. Wir waren kein Liebespaar, dazu fehlte uns die Regelmäßigkeit. Unsere Regelmäßigkeit bestand im Sitzen am Tisch links vorn und dem Errichten von Häusern aus Karton. Und jetzt sitze ich hier, auf dieser Bank aus Metall, und denke an Franz, der irgendwo liegt, der nichts vom neuen Bahnhof weiß, nichts vom Ende der *Drehscheibe*, wo er an einem Novemberabend kurz vor der Jahrtausendwende sagte: Ab morgen bin ich kein Gabelstaplerfahrer mehr. In einer Stunde gehe ich vor zur Umkehrschleife und fange dort ein neues Leben an. Ich fragte nicht nach, ich hätte sollen. Wir alle sollten öfter Fragen stellen. Ich hätte fragen sollen: Warum, mein lieber Franz. Stattdessen trank ich einen Schluck und sagte: Morgen wird das Wetter gut.

Wir werden neue Wege finden, sagte er zum Abschied, und ich winkte ihm, als ich zum letzten Zug eilte, damals fuhr er noch früher ab. Ich winkte und im Laufen dachte ich: Morgen höre ich mit dem Rauchen auf. Das Morgen ist immer ein wenig ungewiss, man kann es planen, wie man will. Für unsere Kartenhäuser gab es kein Morgen mehr, für Franz, der auf Sitzflächen klopfte und im

Sommer stets offene Sandalen trug. Wir alle sollten öfter traurig sein. Sie sehen sehr glücklich aus. Was ist das eigentlich für ein Schwert, das Sie da liegen haben? Sie waren auf dem Ritterfest, Sie reisen wirklich jedes Jahr dazu an? Und warum mögen Sie das Lagerleben? Mögen Sie auch das Mittelalter? Sie mögen das Mittelalter? Nein, ich mag es wirklich nicht.

Michael Köhlmeier

DEIN ZIMMER FÜR MICH ALLEIN

(Auszug)

»Vor meinen Augen«, sagte der junge Mann, »war ein Ohr. Wenn ich die Zunge herausgestreckt und mich nur ein wenig vorgebeugt hätte, hätte ich das Ohr berührt. So nahe bei mir stand der Mann. Er hatte vergessen, den Mantel auszuziehen, bevor er in den Zug gestiegen war. Jetzt war es nicht mehr möglich. Darüber sprach er mit mir. Ich verstand ihn nicht gut. Nur wenig verstand ich. Ich hatte seine Sprache noch nicht ausreichend gelernt, und er redete zudem undeutlich und beiseite. Wir konnten uns kaum rühren.

Der Zug hatte eine Dreiviertelstunde Verspätung und das nur deshalb, weil es so lange gedauert hatte, bis alle eingestiegen waren. Von Einsteigen konnte übrigens nicht die Rede sein. Eingestiegen sind vielleicht die ersten. Und die sind eigentlich geschoben worden. Ihr Hineinstolpern kann nicht Einsteigen genannt werden. Ihre Koffer waren durch die Fenster gehievt worden. Auch kleine Menschen, Kinder und geschrumpfte alte Frauen, waren durch die Fenster gehievt worden. Zuerst bedauerte ich, daß ich keinen Sitzplatz in einem Abteil bekommen hatte. Dann war ich froh darüber. In einem Abteil, das für sechs Menschen gedacht war, drängten sich bis zu fünfzehn. Zum Glück hatte ich mein Wasser abgeschlagen, bevor ich in den Zug gestiegen war. Für manche war das ein Problem. Sie sprachen offen darüber. Manche jammerten.

Dann sagte eine Männerstimme, er sei gebeten worden zu fragen, ob jemand etwas zu trinken habe. Die Stimme klang ganz frisch, weder gepreßt, noch fix und fertig, wie gewiß meine Stimme geklungen hätte. Warum formuliert er das so, dachte ich. Ich vermutete, daß er die Sprache des Landes ebenso wenig beherrschte wie ich. Es ist ja lustig und interessant, daß man oft jene am besten versteht, denen die Sprache fremd ist – einen Polen in Amerika, einen Schweizer in England … Aber was erzähle ich denn da!«

»Ich verstehe, was Sie meinen«, sagte ich.

»Ja, das sicher«, sagte er, »aber es kommt mir jetzt nicht auf einen Polen in Amerika oder einen Schweizer in England an.«

»Das weiß ich doch«, sagte ich.

Im Café Eiles in Wien saß er mir gegenüber und trank Kakao. In einer der Nischen hatte ich auf ihn gewartet, hatte meine Fußspuren auf dem Parkett trocknen sehen, hatte in der »Neuen Zürcher Zeitung« einen ganzen Artikel über Litauen gelesen und war zweimal nach vorne zur Theke gegangen, um nachzuschauen, ob er sich nicht vielleicht in den anderen Flügel des Cafés gesetzt hatte. Dann sah ich ihn in dem großen Spiegel, der die ganze Rückwand des Cafés ausmacht. Er hielt ein Taschentuch in der Hand, schwenkte es vor sich her wie ein Parlamentär. Ein weißes Taschentuch hatte er als Zeichen vorgeschlagen. Er trug einen schweren schwarzen Anzug, der wenig gepflegt war, und darunter ein buntes Hemd. Er hatte dunkles, langes Haar und schmal rasierte Koteletten. Er bestellte eine Tasse Schokolade, legte die Füße um den Sockel des Marmortischchens. Seine Angewohnheit war, den Kopf einzuziehen und beim Trinken über die Tasse zu schauen, als sänne er einem Gedanken nach. Er lachte nicht. Ich überprüfte das mit einem Scherz. Dann mit noch einem. Er lachte nicht. Sein Ernst war komisch, sein Akzent unüberhörbar. Aber er drückte sich klar, manchmal sogar gewählt aus. Ich schätzte ihn auf etwa achtundzwanzig.

Es ist zu umständlich zu berichten, wie wir uns kennengelernt haben, und es spielt auch keine Rolle. Er wollte mir eine Geschichte erzählen. Er hatte sich am Telefon vorgestellt. Ich hatte seinen Namen nicht verstanden und nachgefragt. Er hatte ihn wiederholt, aber ich hatte ihn nicht notiert. Es war ein langer Name. Ich wußte nicht, wie ich ihn hätte schreiben sollen. Ich fragte ihn im Café noch einmal nach seinem Namen. Er blickte mich lange über seine Tasse hinweg an, dann schüttelte er den Kopf.

»Wenn sich Ihr Ohr so dagegen sträubt, will ich das nicht tun. Sie brauchen ja meinen Namen nicht.«

»Wie soll ich Sie dann nennen?« fragte ich.

»Wie Sie wollen«, sagte er. »Nennen Sie mich, wie Sie wollen.«

Meistens sprach er deutsch, manchmal sprach er englisch. Manchmal verfiel er in seine Muttersprache. Er kam mir vor wie ein Spaßmacher, der eine Nummer spielt, in der einer so tut, als könnte er zaubern, es aber nicht kann, so daß man die Nylonfäden an den Dingen sieht, die er aus seinem Anzug zieht, und das ist der Spaß. Seine Zauberdinge waren die Worte, die hackte er mit seinen Zähnen zurecht und rollte sie mit seiner Zunge in die gewünschte Form. Darum kam er mir wie ein Spaßmacher vor. Ich sagte es ihm.

»Ich verstehe das Wort, aber ich vermute, es bedeutet etwas anderes, als ich denke«, entgegnete er und fuhr dann ohne weitere Überleitung in seiner Geschichte fort. »Eine Männerstimme fragte, ob jemand eine Flasche Wasser habe, da sei nämlich ein Kind, das weine, weil es so durstig ist. Die Frage wurde durch den Waggon weitergegeben. Aber es kam keine Antwort zurück. Es war so heiß im Zug, daß alles Wasser schon aufgetrunken war. Habe ich schon gesagt, daß Winter war?«

»Nein«, sagte ich.

»Es war Winter. Es war ein sehr kalter Winter. Da heizt man in den Zügen. Da ist es schon zu heiß, wenn der Zug leer ist. Aber wenn er so voll ist, ist es heiß, wie man es sich nicht ausdenken will. Ich hörte das Kind schreien. Ich selbst hätte auch gern geschrien. Dann hätte ich in das Ohr dieses Mannes geschrien, der wohl Manieren hatte, denn sonst wäre er nicht so freundlich gewesen, sich beim Reden zur Seite zu drehen. Niemand hatte Wasser.

Ich hatte meinen Mantel im Bahnhof ausgezogen, weil ich das bereits kannte, dieses Stehen in vollen Zügen. Den Koffer hatte ich zwischen meine Füße gestellt und den Mantel daraufgelegt. Ich besaß einen guten Mantel. Er war fest und sein Stoff dicht, und dann war noch zusätzlich ein Futter eingeknöpft. Unter meinem Mantel mußte ich auch im kalten Winter nichts anderes anhaben als ein Hemd und ein Unterhemd. Das war ein Vorteil. Andere im Zug hatten unter ihren Mänteln noch Pullover an. Auch sie hatten zwar vor Beginn der Fahrt ihre Mäntel ausgezogen, aber ihre Pullover hatten sie angelassen, und jetzt schwitzten sie und konnten die Pullover nicht ausziehen.

Draußen schneite es. Es schneite so dicht, daß man keine zwanzig Meter weit in die Landschaft sehen konnte. Weil ich das Ohr des Mannes so aufmerksam studiert hatte, wußte ich nicht, wie lange wir schon unterwegs waren, und darum wußte ich auch nicht, wo wir uns befanden. Ich kannte die Strecke, aber ich kannte sie nur von Blicken aus dem Zugfenster, meistens hatte ich bis zur Grenze geschlafen oder etwas gelesen. Ich kannte die Strecke eigentlich nicht. – Sie wollen mich einen Spaßmacher nennen?«

»Das will ich nicht, wenn Sie das nicht wünschen«, sagte ich.

»Nein, mich sollen Sie nicht so nennen«, sagte er. »Aber ich habe einen in mir, denke ich, und den dürfen Sie so nennen.«

»Ja«, sagte ich.

»Ja«, sagte er. »Ich mache gern einen Spaß. Mir mache ich einen Spaß manchmal. Sagt man das so – ich mache mir einen Spaß? Ich meine damit, ich sage Sachen, die ich nicht will. Oder ich müßte es besser so ausdrücken: Ich mache den Mund auf und weiß nicht, was ich sagen werde. Unsere wichtigsten Entschlüsse denken wir ohne Worte. So ist es. Es ist, als wäre in mir noch einer, der die meiste Zeit in seinem Zimmer sitzt. Vielleicht ist er eingesperrt. Ich weiß das nicht so genau. Manchmal will er heraus, und ich lasse ihn nicht. Manchmal möchte ich, daß er herauskommt, und er will nicht. Aber meistens ist es so, daß ich mir denke, jetzt wäre es Zeit, daß er wieder einmal herauskommt, und ich mache die Tür auf, und er wartet schon dahinter. Können Sie sich ein Bild machen?«

»Kann ich schon«, sagte ich.

»Den nenne ich ab jetzt Spaßmacher«, sagte er. »Weil Sie mir das Wort gegeben haben. Darf ich noch eine Tasse Kakao auf Ihre Rechnung haben?«

»Natürlich«, sagte ich. Ich bestellte, und er erzählte weiter.

»Wir fuhren durch den Schnee, es war Nachmittag. Weil der Schnee so gegen die Scheiben wirbelte und wir nur weiß sahen, war es, als wäre draußen keine Welt, als bohre sich der Zug von einer Welt durch das Nichts in eine andere Welt. Und nur ein Thema war. Nur ein Thema: Wasser. Inzwischen sprachen nämlich alle miteinander. Es tat uns wohl, daß wir ein gemeinsames Thema hatten. Und besonders wohl tat es uns, daß wir dachten, es nimmt dem Kind da hinten vielleicht ein wenig den Durst, wenn wir darüber reden. – Das mit dem Spaßmacher ist gut, das gefällt mir. Doch, doch. Sie werden gleich sehen.

Plötzlich wird der Zug nämlich langsamer, und plötzlich bleibt er stehen. Wir schauen zum Fenster hinaus. Aber da ist kein Bahnhof. Der Zug steht auf offener Strecke. Da ist wahrscheinlich ein Signal, und das gibt die Weiterfahrt nicht frei. Und jetzt kann man draußen auch mehr erkennen, weil der Schnee nicht mehr so gegen die Scheibe gewirbelt wird. Eine Straße kann man erkennen. Und noch etwas. Eine Tankstelle. An der Straße ist eine Tankstelle, und die steht genau auf der Höhe unseres

Zuges. Genau auf der Höhe des Fensters, durch das ich schaue, muß ich präzisieren. Und da denke ich mir, so, jetzt könntest du wieder einmal den Spaßmacher aus dem Zimmer deiner Seele herauslassen. – Sie haben mir das Wort gegeben. Endlich habe ich einen Namen für ihn.«

»Sie machen sich lustig über mich«, sagte ich.

»Stört Sie das?« fragte er.

»Nein, nein«, sagte ich.

»Ich sperre die Tür zu dem Zimmer auf, in dem mein Spaßmacher lebt. Und da steht er schon und sagt:

›He, hebt mich hoch, dann steige ich durchs Fenster und lauf schnell hinüber zu der Tankstelle und hole Wasser für das Kind!‹

Das sagt mein Spaßmacher. Ich sage das. Mein Mund jedenfalls sagt das. Der, den Sie Spaßmacher nennen, setzt mir solche Schwachheiten in den Kopf.

Und Menschenskind: Ich bekomme Applaus. Der Mann, dessen Ohr ich wie im Traum studiert hatte, dreht sich nun zu mir und drückt mir die Hand. Wir müssen beide unsere Hände über unsere Schultern heben, so eng stehen wir beisammen. Mit stillbegeistertem Kopfschütteln blickt er mich dabei an.

›Passen Sie auf meine Sachen auf‹, sage ich.

›Es ist mir eine Ehre‹, betont er. ›Das sage ich nicht nur bloß.‹

›Auf meinen Mantel und meinen Koffer.‹

›Auf Ihren Mantel und Ihren Koffer.‹

Dann heben sie mich hoch. Hände strecken sich nach mir aus. Jeder will mich berühren. Vielen gelingt es nicht. Die machen schnappende Handbewegungen, als wollten sie ein Stückchen von mir abzupfen. Das Fenster wird heruntergeschoben. Zuerst wollen sie mich mit dem Kopf voraus durch das Fenster heben.

›Nein‹, wehre ich mich, ›so geht das nicht. Dann falle ich ja aufs Gesicht!‹

›Beeil dich!‹ höre ich jemanden rufen, und es kränkt mich, daß man mich so mir nichts, dir nichts duzt. Den, der sich aufopfert, sollen sie nicht duzen! Man dreht mich um, so daß ich mit den Beinen voraus durch das Fenster gehoben werden kann.

›Beeil dich‹, rufen jetzt auch noch andere, ›sonst fährt der Zug ab, und das Kind kriegt sein Wasser nicht!‹

Ist denn mein Ruhm bereits verflogen, denke ich. Daß sie sich nur um das Kind Gedanken machen und nicht um mich? Daß sich keiner um mich sorgt? Könnte ja sein, daß ich unglücklich falle und mir ein Bein breche.

Sie geben mir einen Stoß. Ich falle aus dem Zug, lande unsanft auf der Seite und rutsche über den Schnee. Ich hatte ja nur mein kariertes Flanellhemd an. Im Zug war es heiß, hier draußen aber kalt. Der Schnee drang mir in die Ärmel und in den Nacken.

›Hast du das gewollt?‹ frage ich meinen Spaßmacher. Aber der versteckt sich in seiner Kammer, ist unter sein Bett gekrochen.

›Lauf schon! Lauf!‹ höre ich die im Zug rufen.

›Ich habe kein Geld‹, sage ich. ›Mein Geld ist in meinem Mantel.‹

Jemand warf mir einen Schein zu. Der flatterte davon, ich mußte durch den Schnee stapfen, um ihn zu erwischen. Der Schnee reichte mir bis zu den Knien.

›Lauf doch!‹ riefen sie. ›Was machst du denn? Lauf! Lauf! Beeil dich!‹

›Paßt bitte auf meinen Mantel und meinen Koffer auf‹, bat ich.

›Lauf endlich! Lauf endlich!‹ riefen sie. Es klang nicht mehr freundlich. Ein Held war ich längst nicht mehr.«

Aus: Michael Köhlmeier: *Dein Zimmer für mich allein*
(Erzählung, Deuticke im Paul Zsolnay Verlag Wien 1997)

Susanne Scholl

LEERE WORTE

Natürlich hat der Zug wieder Verspätung. Wäre ja auch ein Wunder, wenn ein italienischer Zug einmal pünktlich wäre. Und wahrscheinlich ist er wieder überfüllt. Mein übliches Glück, denkt Clara und zündet sich eine Zigarette an. Sie glaubt fest, dass das hilft, Verspätungen bei Zügen oder auch Straßenbahnen in Grenzen zu halten. Weil sie ohnehin überzeugt ist, dass die Welt vor allem dazu da ist, sie zu ärgern. Wenn sie sich also eine Zigarette anzündet, kommt der Zug oder die Straßenbahn ihrer Meinung nach sofort – nur, damit sie diese nicht in Ruhe fertig rauchen kann.

Diesmal braucht sie mehrere sogenannte Straßenbahnzigaretten, bevor sie einsteigen kann.

Eben, denkt sie, bummvoll. Jedes Abteil besetzt. Und außerdem ist das schon wieder einer von den alten, dreckigen, halb kaputten Zügen. Kein Wunder, dass er Verspätung hat. Na ja, setz ich mich halt in den Speisewagen. Oh, der ist auch voll. Und was mach ich jetzt? Stehen kann ich auf keinen Fall bis Wien, das halt ich nicht aus. Ah, Moment, da ist noch ein Tisch. So ein Glück. Da kann ich mich sogar in Fahrtrichtung setzen, sonst wird mir auch noch schlecht.

Also Speisewagen. Auch nicht das, was ich mir vorgestellt hab. Eigentlich wollte ich ein Abteil für mich, wo ich die Beine hochlegen kann und mich keiner blöd anredet.

Blöde Reden hab ich mir in Bozen ja wirklich genug angehört. Überhaupt der Kongress – zum Vergessen. Peter und Kurt haben sich so gut amüsiert, ich weiß gar nicht worüber. Sooo interessant haben sie alles gefunden, so wichtig, so tiefschürfend. Mir war nur fad. Und dann haben sie auch noch dekretiert, man muss unbedingt noch ein paar Tage anhängen, Südtirol ist doch so hübsch! Hübsch – auch so ein blödes Wort. Wer findet eine Landschaft schon hüüüübsch? Die zwei sind mir schon beim Hinfahren auf die Nerven gegangen. Dauernd haben sie übers Essen geredet und über ihre neuesten Publikationen und wer welche besonders gut gefunden hat und was sie als Nächstes publizieren werden und wann sie eine Ao-Stelle kriegen werden. Zum Abgewöhnen. Mich haben sie gar nicht wahrgenommen, ich bin ja auch nur eine kleine Assistentin, die mitfahren durfte, weil der Doktorand krank geworden ist. Aber gestern hat's mir gereicht und ich hab ihnen gesagt, dass ich zurück muss, weil ich was Wichtiges zu schreiben hab. Da haben sie ganz schön geschaut, die zwei Angeber. Zum Glück haben sie mich nicht gefragt, was denn so wichtig ist, in Wirklichkeit hab ich ja keine Ahnung, worüber ich schreiben könnte. Und dabei machen alle schon Andeutungen, wann ich denn endlich wieder was publiziere und worüber. Aber mir fällt nichts ein. Am besten wäre, ich schmeiß alles hin. Nur – wovon soll ich dann leben?

Ich hab ja jetzt schon kaum Geld und immer Angst, wenn ich zum Bankomaten gehe. Ein Albtraum.

Was ich gern hätte?

Eine andere Arbeit und einen anderen Mann – aber das servieren sie sicher nicht hier im Speisewagen …

Clara bestellt einen Tee mit Zitrone und hofft, dass der Kellner sie jetzt in Ruhe lässt. Der Speisewagen ist überfüllt, aber zum Glück hat sich bisher noch keiner zu ihr an den Tisch gesetzt. Sie schaut vorsichtshalber gar nicht auf, wenn jemand vorbeigeht. Sie hält den Blick über ihr Heft gesenkt, in das sie hineinkritzelt, was ihr gerade so durch den Kopf geht. Nicht, weil sie das interessant oder gar wichtig findet, sondern weil sie dadurch so tun kann, als sei sie beschäftigt.

Überhaupt dieses Leben, schreibt sie da. Alles so anstrengend. Und nie hat man Ruhe. Stefan! Der ist gar nicht so, wie ich ihn mir vorgestellt habe. Immer mach ich den gleichen Fehler. Verlieb mich in ein Bild und bin dann enttäuscht. Eigentlich müsste ich ja gehen. Aber dann wär ich wieder allein und das ist auch schlecht auszuhalten. Obwohl, einsam bin ich so oder so, kann ich auch gleich gehen. Wirklich lustig ist es nicht mit ihm. Eigentlich hat mir das zuerst ja gefallen, dass er ein bisserl eine tragische Figur ist. Aber so ganz ohne Humor, das hält man auf die Dauer nicht aus. Also doch gehen. Oder besser, ihn rauswerfen …

Ein Dreiergespann betritt den Speisewagen und geht zielstrebig auf Claras Tisch zu. Vorneweg eine ältere Frau, eine Dame, denkt Clara etwas abfällig. Eine auffallende Dame. Tigermantel mit breitem Kragen lässig über eine Schulter geworfen, grellrot gefärbte Haare, tief ausgeschnittene Bluse mit vielen Rüschen, Stiefel mit schwindelerregend hohen Bleistiftabsätzen und natürlich eine elegante Handtasche, die mit zwei Fingern geschwungen wird. Hinter ihr zwei Teenager, unauffällig, so, wie

Teenager heute auszusehen haben. Enge Jeans, langes Haar, das mit Grazie hin und her geworfen wird. Die drei lächeln Clara an und »die Dame« fragt, während sie sich schon setzt, ob an ihrem Tisch »noch frei ist«. Clara nickt genervt und beugt sich wieder über ihr Heft.

»Na ja, da war ich natürlich mittendrin, '68, in der Studentenbewegung«, sagt »die Dame« laut und lacht.

Was erzählt die denn da für einen Blödsinn?, denkt Clara. Und die beiden Mäderln schauen, als hätte die Alte gerade erwähnt, dass sie beim Bau der Chinesischen Mauer mitgemacht hat. Ob die überhaupt wissen, was die Chinesische Mauer ist? Das hab ich jetzt noch gebraucht, so eine Alt-68erin, die sich wichtigmacht. Und der da hinter mir, der dauernd ins Telefon säuselt, geht mir auch ordentlich auf die Nerven. Stefan, der würde nie so ins Telefon reden – dabei hätte ich das eigentlich schon gern von ihm. Aber der ist ja so mit sich selbst beschäftigt, dem fällt ja gar nicht ein, mir was Nettes zu sagen, zumindest nicht mehr. Am Anfang hat er mir wenigstens melancholisch in die Augen geschaut, na ja, das geht halt nicht übers Telefon, aber er macht's auch nicht mehr, wenn ich da bin. Ich schmeiß ihn raus. Nur – dann schlaf ich wieder schlecht, weil ich nicht gern allein bin in der Nacht. Soll ich ihn anrufen, damit er mich abholen kommt? Der Zug hat so viel Verspätung, ich bin sicher nicht vor eins in Wien. Na ja, der Stefan, der hustet mir was, wenn ich ihm sag, dass er mich holen kommen soll. Nimm dir ein Taxi, wird er sagen, dafür brauch ich ja ihn nicht. Wofür brauch ich ihn überhaupt? Und was ist jetzt schon wieder los?

»Ich war immer in der ersten Reihe bei den Demos und da ist es nicht gerade friedlich zugegangen, das kann ich euch sagen. Und die Männer haben immer versucht, uns Frauen klein zu halten, aber das haben wir ihnen dann gleich abgewöhnt. Ich hab mir nie was gefallen lassen von einem Mann. Die sind mir nachgelaufen wie die Hunde. Und ich hab sie rausgeschmissen, wenn ich sie nicht mehr wollt. So muss man mit ihnen umgehen, merkt's euch das. Ihr dürft's euch nix gefallen lassen von den Männern. Benützen und wegschmeißen und vor allem keine Angst haben.«

Das gefällt Clara. Die Alte, überlegt sie, hat ja eigentlich recht. Benützen und wegschmeißen. Hab ich noch nie gemacht. Soll ich vielleicht mit dem Stefan probieren. Na ja, die hat leicht reden, die ist jetzt alt und hat eh keine Wahl mehr. Aber die imponiert mir schon – so viel Schneid hätt ich auch gern. Hab ich aber nicht.

Der Zug hält am Brenner an der Grenze zu Österreich.

Ein paar Leute steigen aus. Auf dem Bahnsteig Polizei. Clara trinkt ihren kalt gewordenen Tee und schaut zu den Polizisten, die jetzt in den Zug steigen.

Polizei im Zug?, wundert sie sich. Aber das ist doch Schengen, da gibt's doch keine Grenzkontrollen mehr? Das auch noch. Jetzt kommen wir noch später an. Dann ist's am Bahnhof noch grauslicher. Und morgen muss ich um 8.00 Uhr beim Zahnarzt sein. Das auch noch …

Der Zug fährt wieder an. Clara beugt sich wieder über ihr Heft. »Die Dame« unterhält die Teenager, die an ihren Lippen hängen und brav zu ihren Witzchen lachen. Der Mann hinter Clara säuselt wieder ins Telefon.

»Ausweise bitte!«

Was, wieso, was wollen die denn jetzt? Seit wann muss ich einen Ausweis herzeigen, wenn ich von Italien nach Österreich fahr? Schon wieder so eine Belästigung …

Clara zückt ihren Personalausweis, hält ihn dem Polizisten hin und will sich wieder ihrem Heft widmen. Die Polizisten gehen weiter. Am übernächsten Tisch sitzt ein junger Mann. Dunkles Haar, Ringe unter den Augen, ungesunde Hautfarbe.

»Ausweis«, sagt der Polizist, und der junge Mann zeigt ein Papier her, das eindeutig kein Ausweis ist.

»Mitkommen«, sagt der Polizist.

»Was wollen die nur von dem armen Teufel, der hat doch keinem was getan«, sagt »die Dame« halblaut.

»Du kein Visum, du nicht weiterfahren«, sagt der Polizist zu dem jungen Mann, der ihn verständnislos anschaut.

»Deutschland, Onkel, ich fahren. Ich aus Syria, Krieg, Angst, Bomben …«, stammelt der junge Mann.

»Sollen den armen Kerl doch in Ruh lassen«, murmelt »die Dame« gerade laut genug, dass es die Teenager und Clara noch hören können.

»Nix Deutschland, zurück, du nicht weiterfahren, du aussteigen«, sagt der Polizist und packt den jungen Mann grob am Arm.

»Schweine«, sagt »die Dame« noch ein bisschen leiser.

Und plötzlich steht Clara auf und beginnt zu schreien.

»Was seid ihr nur für Menschen, lasst's euren Frust an einem aus, der eh nix hat und nix kann und ganz arm ist. Mutig seid's nur, weil ihr eine Uniform anhabt's und zu zweit seid's. Schämen könnt's euch, schämt's euch, schämt's euch, schämt's euch …«

»Die Dame« und die Teenager schauen Clara mit großen Augen an. Halb entsetzt und halb erstaunt.

»Mitkommen«, sagt der zweite Polizist und packt Clara am Arm.

Der Speisewagen schweigt, als die zwei Polizisten Clara und den jungen Mann hinausführen.

Alois Brandstetter

EISENBAHNGLÜCK

Mein Assistent H. G. an der Hochschule für Bildungswissenschaften, heute Alpen-Adria-Universität Klagenfurt, war als Sohn eines Villacher Eisenbahners ein »Regiefahrer«, wie man damals gesagt hat, und hat als solcher die Strecke Villach-Salzburg, zwischen seinem Heimat- und dem Studienort, Wochenende für Wochenende mehr oder weniger gratis oder eben um einen unerheblichen »Regiebeitrag« zurückgelegt. Er hat so, wie er einmal ausgerechnet hat, mindestens einmal die Erde umrundet … Ein Eisenbahner aus meinem Heimatort ist regulär und nicht aus Krankheitsgründen mit 50 Jahren in Pension gegangen, nach 35 Dienstjahren (die Militärzeit wurde ihm angerechnet). Als er als 90-jähriger starb, war er also zweimal so lange Rentner, als er Mitarbeiter am Welser Stellwerk gewesen war. Ich bringe das hier nicht als Kritik am sozialen System der Bahn vor, sondern eher im Gegenteil als Kritik am allgemeinen Zustand unseres Sozialsystems, das sich die Bahnverhältnisse zum Vorbild nehmen sollte. Man beseitigte aber die sogenannten Privilegien der Bahnbediensteten, statt alle anderen Arbeit- und Dienstnehmer in ihrem Sinne zu »privilegieren« und auf Bahnniveau anzuheben … Falsch verstandene Solidarität?

Immerhin machen sich heute die Verantwortlichen, die die Preise für die Bahnkunden gestalten, ihre Gedanken darüber, wie sie die Fahrkartenpreise möglichst niedrig halten, wie sie es also lieber billiger geben könnten, statt womöglich leer zu fahren, wie sie lieber Kosten senken könnten, als Preise erhöhen. Lieber auf Kurs bleiben, als in den Konkurs zu schlittern …

In diesem Sinne kann ich heute wie mein Villacher Assistent auch als »Regiefahrer« gelten. Mit dem *Seniorenticket* bin ich praktisch ein Hochprivilegierter und fahre alle Strecken um den halben Preis. Es hatte sich schon die *Vorteilscard Classic* vor der nunmehrigen *Vorteilscard Senior*, die ja nur ungefähr 30 Euro im Jahr kostet, immer sehr schnell bezahlt gemacht und amortisiert. Und da ich ganz im Sinne des Werbeslogans des österreichischen Rennfahrers und Flugunternehmers Niki Lauda »nichts zu verschenken habe«, erkundige ich mich nach den Möglichkeiten der *Sparschiene* in Österreich oder des *Rosaroten Elefanten* in Deutschland, nach den Sonderkonditionen für Fahrten zu bestimmten Zeiten und an gewissen günstigen Tagen. Als Müßiggänger, um nicht zu sagen Faulenzer, sorgt man so mit unnotwendigen Vergnügungsreisen dafür, dass das werktätige Volk zu tun hat. Rentner können schließlich »ausweichen«. Pensionisten, heißt es, haben »keine Zeit«, das heißt, sie haben eigentlich immer Zeit, sie können es sich einteilen. Sie müssen sich beim Planen ihrer Reisen nur mit ihren Arztterminen arrangieren …

Manchmal leiste ich mir den Luxus der ersten Klasse, das kostet mich dann mit meiner Halbpreisermäßigung nicht mehr als früher die zweite Klasse. Einmal habe ich mich sogar in die Business Class, also die Supererstekklasse, wie in ein Extrazimmer mit extremer Fußfreiheit verirrt.

Das kommt davon, wenn man nicht ordentlich Englisch kann. Natürlich habe ich mich ein wenig geniert, als mich der Schaffner auf meinen Irrtum aufmerksam gemacht und vom Platz verwiesen hat. Der konnte übrigens selbst nicht perfekt Englisch, wie man hörte, als er die Passagiere begrüßte und den Speisewagen anpries, wo einen die *Crew* mit *Snacks und Drinks* verwöhnen wolle. Leider bietet die Bahn ja heute in den Zügen meist nur den *mobilen Bordservice*, wo sich der Mann mit dem fahrbaren Bauchladen durch die engen Gänge quält.

Ein Mensch meines Alters erinnert sich ja noch an die Stein- oder Karbon-, also Kohlezeit der Bahn, als die Züge von einer Dampflok gezogen wurden, als es noch drei Klassen von Waggons gab, aber kaum Speisewägen. Damals haben nicht nur die Lokomotiven geraucht, sondern auch die Züge insgesamt, weil auch die wenigen als Nichtraucherabteile ausgewiesenen Waggons stark nikotinisiert waren. Eine Heizung oder Klimaanlage galt als Luxus, so kalt wie damals in der winterlichen Bahn ist es heute nur noch in der Kirche. Ein eigenes Kapitel, einst wie jetzt, sind natürlich die Toiletteanlagen, die nicht selten mit »Außer Betrieb« ausgeschildert waren und sind oder an Wassermangel leiden, egal ob man nun, wie es sich gehört, mit geschlossenem oder unerlaubter- und unvorsichtigerweise mit offenem Deckel spült. Die Leidtragenden waren früher vor der Erfindung eines raffinierten Absaugsystems die Streckengeher und Gleisarbeiter.

Was sich seit meiner ersten Bahnfahrt von Wels nach Linz, als ich 1948 mit meiner Mutter ins Internat fuhr, grundlegend geändert hat, ist die akustische Situation *in* den Zügen. Geradezu lautlos setzt im Gegensatz zur Dampf- die Elektrolok den Zug in Bewegung. Es gibt vor allem nicht mehr das charakteristische regelmäßige Rumpeln oder Stampfen, das die Räder beim Überfahren der Abstände zwischen den einzelnen Schienen über den Schwellen erzeugt haben. Ein neuer, vermutlich nach dem damals als Pionierleistung der Industrie vielgerühmten, sogenannten Linz-Donawitz-Verfahren in der VOEST hergestellter Stahl, der sich auch bei der ärgsten Sommerhitze nicht ausdehnt und verformt, hat die geräuscharme, ja geräuschlose Endlosschiene möglich gemacht. Man muß alte, melancholische Hörspiele wie jenes von Gerhard Fritsch mit dem Titel »Dieses Dunkel heißt Nacht« anhören, das von einer nächtlichen Bahnfahrt handelt, um sich in jene Zeit zurückversetzt zu fühlen … Und ist die Zeit heute auch insgesamt lärmiger geworden, so wurde die Bahn im Gegenteil und »streckenweise« leiser und diskreter. Um nachts die Passagiere in den Liege- und Schlafwägen nicht zu beunruhigen und zu stören, schaltet man mancherorts sogar die Bahnhoflautsprecher aus oder leise … So kann Bahnfahren zu einem wahren, ja himmlischen Vergnügen werden, schöner als Fliegen. Was ich freilich nicht mit Sicherheit sagen kann, da ich noch nie abgehoben habe oder bin… Allerdings nur, wenn man die entsprechenden Reisebegleiter hat, die nicht verstockt und stumm, aber auch nicht zu red- und leutselig sind, die nicht durch dauerndes Handytelephonieren die Mitreisenden zu Mitwissern machen wollen, die nicht mit problematischem Reiseproviant wie Käse- oder Wurstsemmeln das Coupé olfaktorisch okkupieren …

Sind Familien mit Kindern mit an Bord, dann kann das Sozialverhalten nicht nur von misanthropischen Junggesellen, sondern auch von an sich umgänglichen Menschen auf eine harte Probe gestellt werden. Nicht jeder oder jede wünscht sich gleich Familienanschluß. Jungvermählte oder Verliebte tun gut daran, gewisse Intimitäten für den Abend im Quartier aufzusparen. Einmal bin ich in Deutschland an einem Samstag oder »Sonnabend« abends nach einem Bundesligaspiel in einen Schlachtenbummler-Zug geraten und habe unter den halbnackten grölenden Hooligans und Komatrinkern mit einigen anderen Reisenden das Fürchten gelernt. Wir verhielten uns alle nach dem Grundsatz: Nur nicht auffallen! Und jene Ruhe bewahren, die die Schaffner nicht mehr herstellen konnten! Freunde, nicht diese Töne, sondern laßt uns angenehmere anstimmen …

Auf die Frage einer Journalistin in einem Interview anläßlich meines 60. Geburtstages nach meiner Vorstellung von »Glück« habe ich als Beispiel eine Bahnfahrt im Speisewagen des TGV von Genf nach Paris oder im Intercity von Würzburg über Göttingen und Hannover nach Hamburg genannt, bei entsprechender köstlicher Verköstigung. Auch eine Fahrt im sogenannten Eurostar von Ancona quer durch den italienischen Stiefel nach Rom im oberen Stockwerk des pfeilgerade über oder durch Berg und Tal dahinschießenden Zuges war von einer Art, daß man, wie der gutgelaunte Anton Bruckner beim Losfahren in einer Kutsche, jauchzen oder oberösterreichisch juhetzen wollte … Ei, wer da mitreisen könnte! heißt es im Gedicht »Postillion« von Josef Freiherr von Eichendorff.

Reisen kann ein Gedicht sein! H.C. Artmann hat in einem Beitrag zum Thema Glück zwei wortbildungsmäßig erstaunliche Komposita geprägt: ein *Flugzeugglück*. ein *Eisenbahnglück*. Es war sozusagen höchste Eisenbahn, den deutschen Wortschatz, der nur einseitig *Flugzeugunglück* und *Eisenbahnunglück* verbucht, in die Schranken zu weisen!

Erika Pluhar

IM ZUG

Der Intercity Schnellzug fuhr pünktlich von Frankfurt ab. Er beschloss, sich gleich in den Speisewagen zu setzen, denn er hatte seit dem Morgen nichts gegessen, und er hatte Lust auf ein Glas Weißwein. Die Kellner trugen Bierkisten vorbei und beachteten ihn eine Weile lang nicht. Er schaute aus dem Fenster. In der getönten Scheibe sah er sein Gesicht gespiegelt. Dahinter glitten Häuser vorbei. Der Zug überquerte einen Fluss.

Er betrachtete seine hervorspringende Nase, die schlecht rasierte Oberlippe, die schweren Linien neben seinem Mund. Ich sehe alt aus, stellte er fest. Da die Sonne durch das Waggonfenster auf ihn fiel, hing er selbst, in vorgebeugter Haltung, beide Unterarme auf den Tisch vor sich gelegt, überdeutlich vor der vorbeifliegenden Landschaft. Das wird nichts mehr Rechtes, dachte er, strich aber mit der einen Hand sein Haar hinter das Ohr. Dann versuchte er, die Augenbrauen etwas höher zu ziehen, doch dadurch gerieten sie über den Rand seiner dunklen Brillen und gaben seinem Gesicht etwas Clowneskes. Ich gebe auf, war sein nächster Gedanke. Eine Weile starrte er noch auf das hell beleuchtete Gesicht, hinter dem jetzt ein rötlicher Herbstwald durch das Fenster zog. Dann wandte er sich der Speisekarte zu.

Verwundert, hier finnische Spezialitäten angeführt zu finden, wählte er eine Erbsensuppe mit kompliziertem Namen und gefüllte Piroggen. Einer der Kellner trat an seinen Tisch, nahm die Bestellung entgegen, brachte kurz darauf den Weißwein und stellte einen Teller Piroggen vor ihn hin. Er trank sofort einen Schluck Wein und wandte sich dann wieder dem Fenster und dem unvermeidlichen Anblick seiner selbst zu. Der Einfallswinkel der Sonne hatte sich jedoch verändert, und jetzt war es das besonnte Land, das leuchtete, sein eigenes Gesicht lag wohltuend im Schatten. Sieht sofort besser aus, dachte er, es war das grelle Licht, das hat übertrieben.

Der Zug eilte nahezu geräuschlos dahin, er fühlte sich sanft gewiegt.

Als Kind hatte er auf Eisenbahnfahrten immer im Rhythmus der Fortbewegung Worte gebildet oder seltsame abgehackte Liedchen erfunden, damals war ihm alles laut und rhythmisch erschienen, die Menschen schwankten durch die Waggons, unter den Rädern ratterten die Schienenschwellen, die Lokomotive pfiff, alles war in lärmender Bewegung. Nichts von dieser abgeschirmten luxuriösen Ruhe, in der ich jetzt dahinfahre, dachte er.

Genau in diesem Moment aber legte sich der Zug abrupt in eine Kurve, die Türe des Speisewagens flog auf, und eine Frau wurde in seine Richtung geschleudert.

»Hoppala«, sagte sie und fing sich mit beiden Händen am Tischrand auf. Dann lachte sie ihn an. »Was hat er denn plötzlich, dieser feine Zug? Er wird uns doch nicht entgleisen wollen. Entschuldigen Sie bitte.«

Er lächelte höflich zurück.

Sie richtete sich auf und hielt Ausschau nach einem freien Tisch. Er sah, dass sie sehr groß war, um einiges größer als er.

»Wie blöd«, hörte er sie murmeln. Sie nickte ihm zu, schob den Riemen ihrer Umhängetasche höher auf die Schulter und wollte weitergehen. Schnell sagte er: »Wollen Sie sich nicht zu mir setzen? Da es Sie schon mal zu mir hergeweht hat?«

Sofort schämte er sich für diesen matten Scherz. Auch die Frau, deren Gesicht bereits freundliche Zustimmung erfüllt hatte, runzelte leicht die Stirn und schaute ihn unschlüssig an. Dann sagte sie: »Also gut«, und nahm ihm gegenüber Platz.

Er sah, dass sie nicht mehr jung war. Der Blick, den sie auf ihn richtete, besaß eine ungewöhnliche Bestimmtheit. Ihre Augen sind schön, dachte er.

»Mich weht es nirgendwohin«, sagte sie. »Ich habe mich jetzt freiwillig zu Ihnen gesetzt, weil dies der einzige freie Fensterplatz ist. Nur um das zu klären.«

»Natürlich.«

Sie muss mich für einen Trottel halten, dachte er. Erst lasse ich sie herwehen, und dann fällt mir nur ein, dass alles ganz natürlich ist.

Es erleichterte ihn, dass der Kellner jetzt die finnische Erbsensuppe brachte, die aussah wie eine normale Erbsensuppe, und den Teller mit einem »Bitte sehr« vor ihn hinstellte. Die Frau bestellte Eintopf und ebenfalls Weißwein.

»O je«, sagte sie dann, »man darf hier nicht rauchen?«

»Nein, leider«, sagte er und begann seine Suppe zu löffeln.

»Hm«, brummte die Frau, legte jedoch die Tasche, die sie bereits angehoben hatte, wieder neben sich auf die Bank. Dann schaute sie aus dem Fenster. Er sah jetzt ihr Gesicht, das von der Sonne beleuchtet war, in der Fensterscheibe gespiegelt. Sie selbst schien durch dieses Gesicht hindurchzusehen, ihr Blick war in die Ferne gerichtet, hinaus in das herbstliche Land, das vorbeizog.

»Ein schöner Tag«, sagte er und dachte gleichzeitig: Ich habe doch tatsächlich verlernt, eine Konversation zu führen. Sie wandte ihm jedoch den Kopf zu und lächelte. Es war ein Lächeln ohne Spott.

»Ja«, sagte sie, »es ist herrlich heute. Diese letzten Herbsttage, wenn sie vollkommen sind, greifen mir immer ans Herz.«

»Sie machen einen traurig«, sagte er.

Vor Überraschung vergaß er, den Löffel zum Mund zu führen. Er starrte den Löffel an und fühlte, dass er errötete. Machen mich die letzten schönen Herbsttage traurig?, dachte er verwirrt. Das wusste ich gar nicht.

Er senkte den Löffel wieder in die Suppe und hörte auf zu essen. Stattdessen sah er jetzt ebenfalls aus dem Fenster und auf die Weinhänge, die in der Sonne glühten. Die Hügel schienen sich leise zu drehen und die abwärtslaufenden Bahnen der Weingärten wie einen Rock um sich zu schwingen.

Er fühlte, dass die Frau ihn immer noch anschaute, und zwang sich, ihr seinen Blick zuzuwenden. Sie lächelte nicht mehr, und daher ließ auch er den Versuch bleiben, sie anzulächeln. »Tja«, sagte er nur.

»Fahren Sie bis Hamburg?« fragte sie.

»Ja«, sagte er, »und Sie?«

»Ich nur bis Bonn.«

Unwillkürlich hatte er zurückgefragt, aber weder schämte er sich dafür, noch runzelte sie die Stirn. Unglaublich, was geschieht, wenn man über den Herbst spricht, dachte er.

Jetzt brachte der Kellner die Schüssel mit dem Eintopf und das Fläschchen Weißwein, stellte beides vor die Frau hin und goss ihr Wein in das Glas. »Danke«, sagte sie. Dann begann sie vorsichtig zu essen, sie blies auf ihren Löffel. »Ist noch heiß«, erklärte sie und warf ihm dabei einen kurzen Blick zu. Wie ein Kind, dachte er, jetzt hat sie ausgesehen wie ein Kind.

»Darf ich mit Ihnen anstoßen?« fragte er und hob sein Glas. Auch dieser Satz war ihm leichtgefallen. Er wollte mit dieser Frau unbedingt auf etwas trinken.

»Ich möchte mit Ihnen auf irgendetwas trinken«, fügte er hinzu.

Sie legte den Löffel beiseite, tupfte sich mit der Serviette den Mund ab und hob ihr Glas.

»Worauf?«, fragte sie.

Ihre auf ihn gerichteten Augen waren wieder von einer Bestimmtheit, vor der es keine Ausflucht zu geben schien.

»Auf …«, er stockte. »Auf diesen Herbsttag«, sagte er dann, »weil er mich traurig macht.«

Sie erhob keinen Einwand, sah ihn nur ruhig an, und sie ließen ihre Gläser gegeneinander klingen.

Nachdem sie beide getrunken hatten, fragte sie: »Macht Sie denn selten etwas traurig?«

»Ich spreche selten darüber«, antwortete er.

»Und warum?« Sie nahm einen Löffel Eintopf und gab ihrer Frage dadurch Leichtigkeit.

»Ich spreche selten über so was.«

»So was?«

»Nun ja … Über … über Gefühle.«

Sie schwieg und aß langsam weiter. Ihm gefiel, dass sie schwieg. Eigentlich hatte er, nachdem das Wort »Gefühle« ausgesprochen war, eine dieser Frauenantworten erwartet, in denen so schnell die Bemerkung »typisch männlich« vorkommt. Oder vielleicht hatte er sich nur daran erinnert, dass viele Frauen so zu kontern pflegen. Nein, sie sagt so etwas nicht, dachte er.

»Zu fühlen ist wichtiger als darüber zu reden«, sagte sie.

Sie schob die Schüssel mit dem Eintopf zur Seite und trank Wein. Dann lehnte sie sich zurück und seufzte.

»Jetzt wäre eine Zigarette wirklich gut.«

»Wir können in ein Abteil …«

»Nein, nein«, unterbrach sie ihn sofort, »es ist angenehm hier.«

Sie schaute ihn an, und wieder dachte er: Sie hat schöne Augen. Ihr Blick ist schön, das vor allem. Sicher, die Augen sind groß, die Farbe, dieses bläuliche Grau, ist auch nicht schlecht, aber was sie schön macht, ist dieser Blick. Er weicht nicht ab.

»Sie haben schöne Augen«, sagte er.

Wieder sah sie ihn nur forschend an. Der Zug glitt schnell dahin. Sie befanden sich nun im Rheintal, er fühlte das Aufblitzen des Flusses im Augenwinkel.

»Sie gefallen mir auch«, sagte sie ruhig.

»Ich?« Er hörte selbst, wie ungläubig das klang.

»Ja. Sie. Warum nicht?«

»Weil … ich habe mich vorhin im Fenster sehr deutlich gesehen. Ich bin alt.«

»Das bin ich auch«, sagte sie, »es hat nichts damit zu tun.«

Sie sahen einander noch immer in die Augen, und es verwirrte ihn nicht. Erstaunlich, dachte er, ich hatte immer Angst vor zu langen Blicken.

»Ich hatte immer Angst vor zu langen Blicken«, sagte er.

»Jetzt nicht?«, fragte sie.

»Jetzt nicht.«

Der Kellner kam vorbei und fragte: »Sind Sie fertig?«

»Ja«, sagten beide gleichzeitig und ohne einander aus den Augen zu lassen, und der Kellner räumte ab. Nur die halb vollen Weingläser blieben vor ihnen stehen.

»Kaffee?«, fragte der Kellner.

»Nein«, sagten wieder beide. Dann lachten sie und lösten den Blick voneinander.

»Nein, keinen Kaffee«, sagte er, zum Kellner hochschauend, »aber noch Wein.«

Sie hatte sich dem Fenster zugewandt. Ein Widerschein von Gold lag auf ihrem Profil.

»Hier, im Rheintal, sieht Deutschland so aus, als wäre es schön«, sagte sie.

»Ja, das Rheintal ist schön«, antwortete er, »vor allem heute.«

Der Fluss, die Weinhänge, Felsen und Burgen glitten vorüber, sie betrachteten es eine Weile schweigend. Ein Bild löste das andere ab, in großer Schnelligkeit, als würde ungeduldig in einem Bilderbuch geblättert, dachte er.

»Jemand blättert zu schnell um«, sagte sie plötzlich.

Mit einer heftigen Bewegung wandte er sich ihr zu. Er hätte sie gerne berührt, ihre Hände, ihr Gesicht, egal. Dass sie dasselbe gedacht hatte wie er, und im selben Augenblick, erfüllte ihn mehr, als je ein körperlicher Impuls es erreicht hatte. Mit sexueller Erregung hatte dies nichts zu tun. Aber das Verlangen nach Berührung verließ ihn nicht.

Der Kellner brachte eine kleine Flasche Weißwein und goss ihnen beiden nach. Sie sah nun nicht mehr aus dem Fenster, sondern legte die Unterarme auf den Tisch und beugte sich ihm zu.

»Ich bin bald in Bonn«, sagte sie.

»Steigen Sie nicht aus.«

»Doch.«

Er wagte es jetzt, es war ihm unmöglich, es nicht zu tun. Er hob seine Hand und berührte ihr Gesicht. Sie ließ es geschehen und sah ihn dabei an. Er fühlte ihre Wange, glatt und ein wenig welk. So fühlten sich die Blütenblätter großer Tulpen an, wenn sie abfielen und man sie in die Hand nahm. Seine Mutter hatte immer, wenn der Garten voller Tulpen war, Sträuße davon in allen Zimmern aufgestellt.

Seine Fingerspitzen berührten ihre Brauen, ihre Schläfen, dann den Haaransatz, und sie entzog sich nicht. Ihr Haar war kräftig, ein wenig spröde. Ihre Gesichter waren einander so nahegekommen, dass er die feinsten Linien in dem ihren sah. Sie sieht mich auch, dachte er, genauso erbarmungslos genau wie ich sie. Aber Erbarmen tut nicht not.

»Nicht noch näher«, sagte sie jetzt, »ich muss bald aussteigen.«

»Ich möchte Ihnen ganz nahekommen«, sagte er.

»Ich auch«, antwortete sie, »seltsamerweise ich auch. Aber es geht nicht.«

»Seltsamerweise?«

»Ja. Weil nichts geschehen ist, außer dass wir uns gegenübergesessen sind. Nur eine Stunde lang, oder so. Das ist seltsam.«

»Ja«, sagte er. Und dann: »Aber auch nicht. Ich kenne Sie. Ich glaube, ich habe noch niemanden so gut gekannt wie Sie.«

»Nicht übertreiben.«

Sie nahm seine Hand von ihrem Gesicht und richtete sich auf. Dann griff sie nach dem Weinglas und trank es zur Hälfte leer.

»Es ist der Herbst, es sind diese goldenen Hänge, die vorbeisausen, es ist dieses Licht. Es ist unsere Traurigkeit und Herzergriffenheit. Und es ist gut so. Trinken Sie auch.«

Nein, wollte er sagen, nein, nicht so.

Aber er hob sein Weinglas und trank.

Aus: Erika Pluhar: *Paar Weise. Geschichten und Betrachtungen zur Zweisamkeit* (Residenz Verlag, St. Pölten – Salzburg – Wien 2007)

Julian Schutting

MEIN BUNDESBAHN-LIED

Wie nur dahin die Zeiten, wo man an Sonntagabenden auf der Fahrt mit der Westbahn nach Wien im Korridor mit Studenten und Bundesheerlern »Genießet das Leben in vollen Zügen« als ein Lied hätte anstimmen müssen, eines Sinnes mit dem jungen Mädchen, das sich durch uns Zusammengepferchte geschoben hat, gequetschter Lungen die Zeile ›Open your mind‹ auf den Lippen; wo man in Raucher-Coupés staatsbürgerlichen Unterricht bezüglich Demokratieverständnis und Minderheitenrechten erteilen durfte? »Schaun S', mia san drei Nichtraucher, und so san S' überstimmt!« / »Herr Nachbar: ein Raucher darf im Nichtraucher nicht rauchen, ein Nichtraucher aber darf im Raucher sitzen, ohne rauchen zu müssen!«

In den Modern ÖBB-Times der Hochgeschwindigkeitszüge (mit einem IC bin ich von Wien in nur einer Stunde in Amstetten!) und stets von neuem verblüffender Einhaltung der Ankunfts- und Abfahrtszeiten (aber jetzt fahren wir mit dreisekundiger Verspätung los!) reißt der vom Eros paedagogikos Beseelte unschuldige Kinder aus ihren Computerspielen und Smartphones: »Schau bitte schnell aus dem Fenster, das ist …!« und sonnt sich in den dankbaren Blicken der handylosen Mitreisenden, ob die nun am Laptop werken oder ungestört Zeitung lesen möchten, indem er zuallererst zu einem, der Publikumsreden hält, hintritt und ihm zuflüstert: »Bitte, falls möglich, etwas leiser – viele von uns sind am Arbeiten!« (gleich erfolgreiche Beispiele aus seinem Repertoire: »Gnädige Frau – bis zum letzten Platz bekommt man zu hören, was Sie da einer Freundin anvertrauen!« / »Liebes Fräulein, ich falle Ihnen ins Wort, um Ihrem schönen Deutsch ein Kompliment zu machen!« … aber nie wieder eine aufgeregt telephonierende Sitznachbarin zu fragen: »Was ist denn leicht mit Ihrem Auto?«)

Ja, die auf allen größeren Bahnhöfen zugekehrte Flughafenatmosphäre; und in den Railjets vermeint man sich in ein Flugzeug versetzt – auch weil wie dort Bildschirmen und deren wechselnden Landkarten abzulesen ist, wo wir uns befinden: und sollte uns der rote Pfeil kundtun, daß wir nicht etwa gar von Lemberg auf Kiew zurücken, sondern, an Enns vorbei, auf Linz! aber unser Tempo, zurecht des öfteren mit Stolz eingeblendet, ist im Hinausschauen den verschwommenen Tafeln der Regionalzug-Stationen abzulesen, und so sei nicht beklagt die von großmächtigen railjet-Buchstaben über die tiefsitzenden Fenster hin beschränkte Sicht. ärgerlich aber wären *jene* ›Lärmschutzwände‹, hinter denen sich, vor allem auf der Strecke Wien–Krems, linkerhand Auwälder, rechterhand nur Industrieanlagen und Äcker befinden, einzig dazu gut, uns die Sicht auf die Weinberge dahinter zu nehmen, wüßte man sich nicht von einem getröstet: daß zur Zeit der ersten Eisenbahnen die Geleise von engen Zäunen gesäumt waren, weil den Fahrgästen vor der kolossalen Bewegungsunschärfe, die den Impressionisten wohl eine Anregung gewesen, angeblich speiübel geworden ist!

Ja, aber wo sind die Zeiten, wo man als ein in den frühen 1990er-Jahren wie so oft im Waggon 323 der ÖBB aus Venedig Heimgekehrter in der Bundesbahndirektion das kundzutun hatte: »Bei voller Fahrt ist die Waggontür offen gestanden. ich zur Abwehr Reisender, die den Waggon wechseln wollen, hinter der Glastür stehengeblieben, bis endlich der Schaffner kommt und sich von mir zum Schutz vor dem Sog an einer Hand halten läßt, bis er bei dank einer Baustelle verringerter Geschwindigkeit die Tür zuzieht.« / »Wo ist das gewesen?« / »Kurz nach Pontebba.« / »Also auf italienischem Boden. dann müssen Sie sich bei den italienischen Staatsbahnen beschweren!« daraufhin im Verkehrsministerium anzurufen, auch um diese Antwort wiederzugeben. und der Herr Ministerialrat? »Das kommt davon, daß Reisende aussteigen, ohne die Türen zu schließen!« / »Ich hätte gedacht, die schließen pneumatisch!« / »Aber gehn S' – elektronisch natürlich!«

Nostalgiefahrten auf aufgelassenen Strecken, das Zugspersonal etwa gar in k.u.k.-Uniformen und auf den restaurierten Aborten die Originalwasserkannen? aber wenn doch auch heutigen Kindern zu Fahrtbeginn die Beseelung der Dampflokomotive durch die Großmutter gefiele: Schiabts an! (Pause) schiabts an! geht schon besser, geht schon schneller! Dankschön-dankschön!

noch schneller wollte man von Wien nach Innsbruck gelangen, obwohl wohl so manchem trotz solch imposantem Affentempo um eines leid ist: daß uns Vorbeiflitzenden nicht mehr zuwinkenden Kindern nicht mehr zurückzuwinken ist! dich aber vor nicht langem an (süd) italienischer Mentalität wie an Kindern erfreut zu haben:

ein Expreßzug Palermo-Roma hält plötzlich vor einem Provinzbahnhof, die Fahrt werde aus welchen Gründen auch immer erst in zirka eineinhalb Stunden fortgesetzt. Bahnhofsvorstand und Bahnhofswirt holen Tische, Sessel, kalte Platten und Korbflaschen herbei, bald sitzt ein Gutteil der Reisegesellschaft jausnend beisammen; nur als nach erst vierzig Minuten zum Einsteigen aufgefordert wird, macht sich Empörung breit!

Hätte deine antiquierte Sprache (Fahrkarte, tour-retour, Perron, Coupé, Legitimation, Schaffner, Korridor …) an der Umbenennung der Personenzüge in ›Regionalzüge‹ etwas auszusetzen gehabt, wenn doch auch Eil-, Schnell- und Expreßzüge nicht dem flotten Transport von Vieh oder unbelebten Lasten gedient haben? und so sei, sehr geehrter Herr ÖBB-Generaldirektor, bei aller Bejahung der ›schaffnerlosen‹ Lokalbahnen und Gutheißung, daß Schaffner längst *Zugsführer* wie die beim Bundesheer heißen, obwohl das doch nur die Lokführer sind, einzig eines submissest erbeten: ›Nächste Station …‹ möge es wieder heißen, da ja ein ›Halt‹ ein nicht vorgesehenes Anhalten einschließt, geboten etwa von einer Kuh, die sich belehrenderweise quer über die Schienen legt. aber gottlob fragt noch nicht einer: Beim wievielten Halt habe ich umzusteigen?!

solch eine Rückbesinnung ließe mich mein Bedauern vergessen, daß mir zu den Zeiten der Schnellzugszuschläge eines zu äußern verwehrt war: »Einen Schnellzugszuschlag nach Mürzzuschlag, bitte!« (was mich aber nicht hindert, meiner Unterscheidung zwischen Eisenbahntunellen und Straßentunnels treu zu bleiben!)

Die Eisenbahn, an der noch weniges aus Eisen besteht, für Nichtcaféhausliteraten wie mich die beste aller denkbaren Arbeitsstätten, überhaupt dann, wenn in einem Großraumwagen gleich nächst der Tür einer der Einzelplätze zu ergattern ist. wie im Flugzeug die Tischplatte herzuklappen in der Gewißheit, auch dieses scheinbar irreparable Gedicht hat spätestens kurz vor Innsbruck seine die ihm vom lieben Gott eingegebene Form gefunden, und solltest du es bis Salzburg nur ab und zu mit scheuen Blicken streifen, den wechselnden Fensterbildern hingegeben dank der Erfahrung, daß sich währenddessen heikle Zeilen in von dir unkontrollierbaren Seelenschichten von selbst bestmöglich organisieren und arrangieren.

oder im Hinausschauen in das, was da an dir vorübergleitet, in Seelenheiterkeit so alle zehn Minuten einer Zeile eine weitere hinzuzufügen: Einfälle scheinen dir von da draußen zuzufliegen, um sich zu verketten. und ginge fürs erste nur da draußen was weiter! nichts von der Ungeduld mit dir am Wiener Schreibplatz vorhanden, die dich bald aufjagt und vor dich hin rennen macht: das besorgt an deiner Statt die durchfahrene Landschaft!

Gerhard Roth

WINTERREISE

(Auszug)

Die Erde war für ihn jetzt eine vereinsamte, saphirblau und weiß gemaserte Kugel in der Schwärze des Universums, ein winziger Körper, der im Nichts schwebte – wie er sie auf farbigen Fotografien gesehen hatte. Dieses Bild von der Erde hatte er im täglichen Leben nicht. Da war die Erde das Schulgebäude, die Fischteiche, eine Himmelsstimmung, die er sich in ein Notizbuch schrieb, Kindergesichter, sie war Geruch von Bodenöl, schwebender Löwenzahn, die Kinderzeichnungen an den Wänden, die Frau des Gendarmen – nein, sie bestand nicht einmal daraus, sondern nur aus Selbstverständlichkeiten. Das Gewöhnlichste und Normalste, das Alltäglichste, das sich tausendfach wiederholte, so daß er es gar nicht mehr wahrnahm, war die Erde. Von weitem war sie das, was ihm wie seine Vorstellung vom Leben vorkam: Etwas Wunderbares, Geheimnisvolles. Aber je näher er an dieses Leben herankam, desto mehr löste es sich auf in Einzelheiten, in Kleines, in der Wiederholung. Das Leben war ein Dahinleben, so wie die Erde nichts Besonderes war im Universum, eine Belanglosigkeit. Er fuhr in der Eisenbahn und bemerkte, daß er über die Erde dachte, wie über ein fremdes Gestirn, dem man aus der Unendlichkeit des Raumes nicht ansehen konnte, daß Menschen es bewohnten, als lebte er selbst nicht auf ihm, sondern außerhalb.

Er hatte das Gefühl, als sei er aus der Erde gefallen. Es war ein ozeanisches Gefühl voller Einsamkeit. Vielleicht war seine innere Bewegung etwas, wofür er sich schämen mußte, etwas, was er sich leistete. Für seinen Großvater war das Überleben der Sinn seines Daseins gewesen, während für ihn der Sinn eine Frage des Überlebens wurde. Von weitem, im tiefschwarzen Meer, sah er die blaue Erdkugel, die seinen Alltag mit sich trug. Es war ihm, als hätte er nichts mehr damit zu tun. Der Gendarm saß vielleicht mit blutender Hand in seinem Badezimmer. Da war kein Unterschied zwischen dem Gendarmen und ihm. Nur Zufälle trennten sie.

Der Zug hielt vor einem Bahnhof mit schmiedeeisernen Säulen auf dem Perron und dem Stationsgebäude, das im Sommer von wildem Wein bewachsen war. Unter der Uhr mit den verschnörkelten Ziffern stand der Bahnhofsvorstand mit der roten Kappe und pfiff den Zug ab. Es war still, nur die Pendeltür zum Warteraum machte ein Geräusch, als ein Reisender, der neugierig herausgetreten war, wieder im Warteraum verschwand. Was er sah, war der Alltag, in dem es nur das Naheliegendste und kleine Ansprüche gab. »Aber das war ja das Falsche«, dachte er, »daß ich im Alltag nie über das Naheliegendste hinausgekommen bin.« Der Alltag war, daß er dauernd dabeigewesen war, seine Gedanken und politischen Ansichten zu unterdrücken, nur weil es notwendig gewesen war, dies für den Direktor oder den Schulinspektor zu tun, daß er den Kindern ein Leben mit Werten beizubringen hatte, obwohl er wußte, daß ein Leben mit Werten etwas Radikales, daß es ein Leben mit der Wahrheit sein mußte. Er spürte eine

Lust am Widerstand. Der Gedanke aufzubegehren ließ ihn sich plötzlich stark fühlen. Er wußte, daß dieses Gefühl vergehen würde, und wollte inzwischen an etwas anderes denken, um es lange in sich zu fühlen. Langsam setzte sich der Zug in Bewegung. Nagl stand auf und sah die wie unbewohnt daliegenden Bauernhäuser mit zugezogenen Vorhängen und ein weites Schneefeld, auf dem ein Mann mit einem Feldstecher eine Schar Krähen beobachtete, die aufgeflogen war, als die Eisenbahn sich genähert hatte. Nagl wollte die Landschaft nicht mehr sehen, weil sie ihn daran erinnerte, worüber er immer hinweggegangen war. Er schaute die Fensterscheibe an, sah aber sich selbst darin gespiegelt, durchsichtig und schemenhaft, daß es ihm vorkam, sein Ich vor sich zu haben, das er bisher gelebt hatte. Die Landschaft fuhr durch ihn hindurch, kahle Bäume, die Hochspannungsmasten, vereinzelt Heustadel, ein Fluß. Draußen, die Welt war ausgestorben, es gab den Mythos der Arbeit nicht mehr, der Arbeit, die voller Zwänge war, die ihn im Grunde immer erniedrigt hatte, die nichts mit seinen Wünschen, seinen Gedanken, seiner Phantasie und seinen Träumen zu tun hatte. Mit Verwunderung stellte er fest, daß seine einzige Hoffnung das Alter, die einzige Erlösung der Gedanke an die Pensionierung gewesen war, wenn er sich nicht mehr Monat für Monat von einer drohenden Verschuldung freikaufen mußte für die einfachsten Lebensnotwendigkeiten: Ein Dach über dem Kopf, Essen und eigene Gedanken. Er setzte sich zurück und empfand es plötzlich als einen großen Trost, aus der Erde gefallen zu sein. Er war nicht mehr ein Opfer von Opfern. Er sah den Gendarmen im Badezimmer vor sich, wie das

Blut aus seiner Hand lief. Es war ihm, als hätte sich der Gendarm auf jeden Fall in die Hand geschossen. Dann dachte er an die niedrig fliegenden Wolkenströme, an die Kinder, die beim Begräbnis unter ihnen hergelaufen waren, dann sah er wieder die Weltkugel von außen, bedeckt von weißen Wolkenwirbeln, ein blauleuchtender Planet von so großer Schönheit, als verkörpere er in der Todesstille des Weltraumes den Sinn und das Überleben zugleich.

»Ich habe mich gefragt, weshalb ich so kopflos mit dir fahre, und ich frage mich, weshalb mir alles so selbstverständlich vorkommt«, sagte Anna.

Ihr Blick fiel auf den Speisewagenkellner, der in seiner weißen Jacke wie ein erschrockener Vogel aufschaute, wenn ein Glas klirrte, als würden mit dem Klirren eines Glases Bestellungen angekündigt. Sie saß Nagl gegenüber und sah jung und neugierig aus. Nagl hatte ihr zuerst von der Weltkugel erzählen wollen, aber dann geschwiegen.

»Ich hatte es dir immer schon sagen wollen, aber ich hatte Angst, dich zu verlieren. Aus dieser Angst habe ich es wieder getan. Auf einmal hast du mich danach gefragt und nicht mehr lockergelassen«, sagte sie nach einer Pause.

»Ich habe gespürt, daß du mich angelogen hast. Ich wollte nicht mehr belogen werden. Aber gleichzeitig wollte ich, daß ich mich getäuscht hätte.« Er entblößte sich, um sich zu befreien. Er hatte nicht mehr den Wunsch, ihr überlegen vorzukommen, wie immer, wenn er mit einer Frau zu tun gehabt hatte, obwohl es ihn immer wieder überrascht hatte, daß er überlegen wirken konnte. »Ich glaube, es war eher ein Verlangen zu erfahren, daß alles nicht wahr war, daß ich mich täuschte«, setzte er fort.

»Aber es war auch ein hartnäckiger Drang, alles von dir zu erfahren, den ich inzwischen verloren habe.«

»Du hast ganz sicher gewirkt, als ob du etwas wüßtest«, sagte Anna erstaunt.

Die Gläser und die Weinflasche stießen klirrend aneinander. »Das einzige, woran ich mich gehalten habe, war, wie du geantwortet hast. Wie du zuerst meine Fragen abtun wolltest, wie du dich mit gespieltem Leichtsinn der Wahrheit genähert hast, als sei in Wirklichkeit nichts geschehen. Dann wurden deine Sätze immer vorsichtiger und einfältiger, bis du nur noch nein gesagt und zur Decke geschaut hast. Dabei hast du ein beleidigtes Gesicht gemacht, um mich einzuschüchtern. Du hast dich auch nicht mehr bewegt, weil dich die Bewegungen schon verraten hätten. Du warst so weit, daß du dich mit allem verraten hättest: Mit jedem Vorwurf, jedem Gekränktsein über mein Mißtrauen, mit jeder Barschheit, mit der du mir die Lächerlichkeit meiner Vorwürfe zeigen wolltest. Auf einmal wußte ich, daß mein Verdacht stimmte. Es tat mir so weh, daß ich mir wünschte, du könntest mich überzeugen, daß ich mir alles nur einbildete. Aber andererseits war etwas in mir, das es nicht ertrug, belogen zu werden. Dabei fing ich an, dich zu begehren. Gerade diese Verletzung hatte mich seltsamerweise so erregt, daß ich unbedingt mit dir schlafen wollte. Ich wollte dir das nie sagen.«

Der Speisewagen mit den weißen Tischtüchern, den zusammengefalteten Servietten, den weißen Polstersitzen, den Vorhängen vor dem Fenster und das entschlossene Fahren des Zuges vermittelten ihm eine angenehme Ruhe.

Anna hatte die Handtasche auf den Tisch gestellt und sie aufgeklappt. Sie holte eine Puderdose aus Schildpatt heraus, betupfte ihre Nasenspitze und warf einen raschen Blick aus den Augenwinkeln auf Nagl. Nagl lehnte sich zurück, nahm das Glas in die Hand und trank einen Schluck, während er genügend Zeit vergehen ließ, um über etwas anderes sprechen zu können. Er fragte sie nach Männern aus, die sie inzwischen kennengelernt hatte, sie log ihn an, er spürte es, wollte jedoch nicht daran rühren, wollte gar nichts wissen.

Anna blickte aus dem Fenster und sagte nichts. Durch irgend etwas hatte er sie verletzt, aber er war nicht besorgt darüber. Sie saß im Speisewagen und konnte nicht weggehen. Er gönnte ihr ihre Verletzung. Auch er war verletzt gewesen. Gerade das Oberflächliche an ihren Bekanntschaften war das Verletzende gewesen. Ihm wäre lieber gewesen, sie hätte sich in jemanden verliebt und ihn verlassen, als daß sie ihn heimlich betrogen hatte.

Auf dieser weit entfernten, blauweißen Weltkugel, die sich mit großer Geschwindigkeit um ihre eigene Achse bewegte und durch das All flog, hatte er das einmal sehr wichtig genommen. Sein Leid kam ihm bei diesem Gedanken klein vor. Aber es war nicht klein gewesen. Es war so groß gewesen, daß er lange nicht aus sich selbst hatte herausfinden können. Anna blickte noch immer aus dem Fenster. Damals, als er erfahren hatte, daß sie neben ihm Zufallsbekanntschaften hatte, hatte er zum ersten Mal seine Auswechselbarkeit gespürt. Es war etwas Neues gewesen zu erfahren, daß andere sofort seine Stelle einnehmen konnten. Und dann, ein paar Wochen später, als er krank gewesen war, war ein Lehrer aus einem benachbarten Ort an seine Stelle getreten, den der Direktor und die Kinder sehr gemocht hatten. Als Nagl wieder zurückgekommen war, hatte er sich eingestehen müssen, daß er bald vergessen gewesen war. Was hatte der andere gehabt, das ihm fehlte? …

Im Speisewagen saß ein junger Österreicher mit Drahtbrille und Windjacke, der still in einem Buch las, und ein froschäugiger Italiener, der ihn anstarrte, so daß Nagl auch ihn anstarrte, bis er sich wegdrehte. Als er Annas Hand nahm, lachte er auf und schaute Nagl ohne Scham in die Augen. Er trug einen schwarzen Anzug, ein weißes Hemd, eine dunkle Krawatte, und sein Haar war streng nach rückwärts gebürstet. Auch als Nagl ihm einen wütenden Blick zuwarf, ließ er sich nicht einschüchtern, sondern schaute ihn weiterhin an. Gleich darauf stand er auf, blieb vor Nagl stehen und sagte: »Ich habe sie nur angesehen.« Er stand da, wie der Gendarm mit der blutenden Hand dagestanden war, schwankte und ging dann den langen Gang im Speisewagen zwischen den Tischen hinunter, ohne sich umzudrehen. Draußen schien es nur Schwärze zu geben, und Nagl fiel ein, was er über das Ende der Welt gelesen hatte. Das Weltmeer würde zufrieren, bis es bis auf den Grund erstarrte und schließlich verdunstete. Der letzte Rest von Leben würde verschwinden und einfallender meteorischer Staub die ganze Erdoberfläche infolge des Sauerstoffs mit einem ziegelroten Mantel überziehen. Wenn der Sauerstoff aufgebraucht sein würde, würde der Meteorstaub seine grüne Farbe behalten und sie dem Leichentuch der Erde geben. Er hatte das vor vielen Jahren gelesen und fragte sich, warum es ihm gerade jetzt einfiel.

Der Weg zum Schlafwagen war ein Türenaufreißen und -zuwerfen, ein Tappen durch lange Schlünde im dröhnenden Zuglärm. Anna hatte ihm die Hose ausgezogen, sich neben ihn gehockt und sein Glied gestreichelt, aber Nagl war so betrunken gewesen, daß er eingeschlafen war. Mitten in der Nacht war er erwacht, weil er das Gefühl hatte, jemand sei in seinem Abteil. Das Rollo war geschlossen, so daß nur wenig Licht in das Abteil fiel. Zu seinem Schrecken sah Nagl tatsächlich einen Mann, der sich zu Füßen seines Bettes befand. Er stand aufrecht da und durchsuchte seine Jacke. Nagl wußte zuerst nicht, was er tun sollte. Der Zug dröhnte, und der Mann ließ sich Zeit. Plötzlich hielt er inne und schaute auf Nagl hin. Er schaute ihn ein paar Sekunden lang an, dann verließ er das Abteil. Da Nagl gesehen hatte, daß auf dem Gang Licht brannte, sprang er auf und riß die Tür zum Gang auf. Der Gang war leer. Nagl hatte aber die Tür so heftig aufgerissen, daß der Schlafwagenschaffner in seinem gläsernen Kämmerchen aus dem Schlaf aufschreckte und Nagl verwirrt fragte, was los sei. Nagl antwortete: »Nichts«, und ging zurück in sein Abteil. Er schloß die Tür hinter sich ab und wartete auf den Tag.

Als er um sechs Uhr die Augen aufschlug, sah er die leuchtend roten Silhouetten von Pinien am Horizont vorüberhuschen.

Der Horizont war gelb und ging in eine schiefergraue Wolkenbank über. Am Himmel stand noch der Mond. Gleich darauf tauchte der Zug in Nebel, der alles mit einem blauen Schleier überzog: Weingärten und entlaubte Obstbäume, Häuser. Er schaute aus dem Fenster und fühlte sich wohl. Daß der Mann in der Nacht in sein Abteil gekommen war, erschien ihm jetzt unwirklich. Vielleicht hatte er nur geträumt? Oder vielleicht hatte sich der Mann im Abteil geirrt? … Aber daß er seinen Rock durchsucht hatte? Noch in der Nacht hatte Nagl nachgesehen, jedoch nichts hatte gefehlt, weder das Geld, noch sein Paß. Der Nebel war wieder verschwunden, und die Erde leuchtete rot. Er erinnerte sich daran, daß er in der Nacht betrunken gewesen war. Anna hatte im Speisewagen geweint. Sie hatten wirr vom Alkohol geredet, in sehnsüchtigen Mißverständnissen. In einem Kästchen, neben seinem Kopf, fand er eine Flasche mit Wasser und Gläser und er trank durstig die halbe Flasche aus. Wie schön ihm die Landschaft, die er jetzt noch im Bett liegend vor dem Fenster sah, vorkam. Er lag ganz ruhig da und schaute.

Sie erreichten den Zug nach Neapel im Laufschritt. Außer Atem stopften sie die Koffer in das Zugabteil und Nagl empfand ein Glücksgefühl, als er die fremde Sprache hörte, die er nicht verstand. Anna war über die Leiter zu ihm gekommen und hatte sich nackt neben ihn gelegt. Er hatte ihr von dem Unbekannten erzählt, der in der Nacht in ihr Abteil gekommen war. Plötzlich hatte er den Verdacht gehabt, daß er etwas mit seinem Tod zu tun gehabt hatte. Der Zug hatte gedröhnt. Es war dunkel gewesen. In einer verborgenen, vom Schlaf verwischten Erinnerung war das Begräbnis des Tierarztes und der Anblick des Gendarmen aufgetaucht, dessen Hand in das Waschbecken geblutet hatte, seine Vorstellung von der Erde im Weltraum und vom Ende der Erde. Der Mann hatte in der Dunkelheit gestanden und ihn angesehen. Er hatte ihn geduldig und genau betrachtet, dann war er ohne Eile aus dem Abteil gegangen und eine Sekunde später verschwunden. Je mehr er darüber nachdachte, desto wahrscheinlicher kam ihm seine Erklärung vor: Der Tod hatte ihn schon geraume Zeit begleitet, und jetzt erst bemerkte er, daß er ihm die Verwirrung nahm, die ihn bedrängte. Er hatte sich ihm gezeigt, nicht um ihn zu erschrecken, sondern um ihn zu trösten und Ruhe finden zu lassen. Das Laufen zum abfahrenden Zug nach Neapel, das Gedränge am Gang, die fremde Sprache und Annas glückliches Gesicht waren ihm zum ersten Mal wie etwas vorgekommen, das frei war von Schuld.

Die Sonne schien hell auf Olivenhaine, Kanäle, in denen Nagl verschlungene Grünpflanzen unter der Wasseroberfläche sehen konnte, Windräder, die sich auf hohen Holzgerüsten drehten, grüne Kakteen und Bäume, an denen gelbe Orangen und rosa Knospen zwischen den Blättern leuchteten. Der Gedanke an die Vergänglichkeit ließ ihn das Wachsen, Grünen und Blühen noch deutlicher sehen und staunen, daß es Winter war. Anna saß neben ihm auf einem Koffer und sah einer häkelnden Nonne durch die Abteiltür zu. Sie saß neben ihm, schwieg und drückte ab und zu seine Hand, wie um sich zu vergewissern, daß er hier war. Dann, plötzlich tauchte blendendhell und in der Ferne von einem zarten Lichtschimmer bedeckt das Meer auf. Es zeigte sich ihm prachtvoll, weit und groß. Kleine Schiffe schienen auf ihm zu stehen, es ließ es geschehen, gleichmütig und gutmütig. Nagl konnte seinen Blick nicht abwenden. Der Tod war in der Dunkelheit, in der Beengung in sein Abteil gekommen, während das Meer im Licht dalag, einladend und schön, weit und unzerstörbar. Ein Wasserflugzeug flog über das Meer, ließ sich weißschäumend auf ihm nieder, neben Bojen, die aussahen wie winzige Blutströpfchen.

Dann stieg der Zug an, einen steinigen Berg hinauf, vorbei an einem rosafarbenen Bahnhof, vor dem Palmen standen und Eisenbahnwaggons gefüllt mit Orangen, die Nagl durch Drahtgitter sehen konnte. Das Meer lag jetzt unter ihnen, die Sonne glitzerte und flimmerte auf ihm, und Nagl war, als könnte er hinter dem weiten Meer die Erdkrümmung erkennen, als könnte er sehen, daß die Erde eine Kugel war. Er wußte nun auch, worüber er mit dem Gendarmen hatte sprechen wollen, die ganze Zeit über vom Augenblick an, als er sich in die Hand geschossen hatte, bis er das Haus verlassen hatte: Es war die Bewegung, die er beim ersten Anblick des Meeres verspürt hatte. Und jetzt, während sich der Zug wieder in das Landesinnere bewegte, schien es ihm, als hätte ein längerer Anblick der Erscheinung das Wunderbare genommen. Zum ersten Mal hatte er das Meer gesehen. Immer war er nur in die Stadt zu seinen Eltern gefahren oder in das kleine Winzerhäuschen, das umgeben war von hohem Gras, Obstbäumen, Margeriten und Steinnelken und in dem er Anna geliebt hatte. Die Begegnung mit dem Tod änderte nichts an seinem Glücksgefühl. Es war ihm, als sei er ein Nachbar, dessen Arm er als Druck an seinem Arm spürte, von dem er jedoch nichts wußte.

Aus: Gerhard Roth: *Winterreise.*
(Roman, S. Fischer Verlag, Frankfurt/Main 1978)

Kurt Palm

DAS LEBEN IN VOLLEN ZÜGEN GENIESSEN

Arbeiten oder schauen?

Bahnfahren hat für mich etwas Meditatives. Das ist auch der Grund, weshalb ich im Zug ungern arbeite. Lieber schaue ich zum Fenster hinaus und entdecke dabei Warnhinweise wie diesen: »Bei Zugluft ist dieses Fenster zu schließen.« Und schon komme ich ins Grübeln und frage mich: Ist mit Zugluft die Luft gemeint, die der Zug erzeugt, oder bloß die »normale« Zugluft?

Aber man kann solche Hinweise auch einfach ignorieren und sich Geschichten über die Menschen ausdenken, die entlang der Bahnstrecken in den endlos vielen Scheidungsruinen leben. Wenn man dann auch noch das Glück hat, durch eine Ansage wie: »Nächster Bedarfshalt: Ausschlag-Zöbern« aus seinen Gedanken gerissen zu werden, ist der nächste Roman quasi schon fertig. Aber auch Stationsnamen wie Mittersill-Essiger, Wenns oder Burk sind nicht zu verachten.

REX oder Auto?

Ich bin ein großer Freund der Nebenbahnen, weil man da unglaubliche Dinge erleben kann. Einmal habe ich mit dem Regionalexpress für die 161 Kilometer lange Strecke von Fürstenfeld nach Wien viereinhalb Stunden gebraucht, weil mitten im Niemandsland ein Gleis repariert wurde, und wir für ca. einen Kilometer auf den Schienenersatzverkehr umsteigen mussten. In einer Zeit, wo man jeden zweiten Tag von der Telekom angerufen wird, ob man sich nicht ein noch schnelleres Internet installieren lassen möchte, finde ich es geradezu revolutionär, mit vierzig Stundenkilometern durch die Gegend zu gondeln. Wenn man in einem solchen Zug ganz schnell von hinten nach vorne läuft, kann es übrigens passieren, dass man den Zug, in dem man sich gerade befindet, überholt. Ein irres Gefühl.

Großraumwagen oder 6er-Abteil?
Da wir heute ohnehin in einem gigantischen Großraumbüro leben, wo jeder sieht und hört, was der andere gerade macht, finde ich die Großraumwagen unserer Zeit angemessen. Die 6er-Abteile sind mir persönlich zu intim. Natürlich sind die Dauertelefonierer und die Leberkäsesemmelesser nicht angenehm, aber einen Streit fange ich deswegen nicht an. Zur Not kann ich mich ja woanders hinsetzen. Einmal hatte ich das Pech, dass mir gegenüber ein paar Jugendliche dieses McDonald's-Zeugs gegessen haben. Das hat so gestunken, dass ich in einen anderen Waggon gehen musste. Ich war nämlich seit 1972 in keinem McDonald's-Laden mehr und boykottiere diese Art der Nahrungsaufnahme. Allerdings bin ich kein Missionar, der zu den jungen Leuten sagt: »Was esst ihr für ein Glumpert? Haut's den Fraß beim Fenster hinaus!« Sollen sie in ihr Unglück rennen. Ich kann nicht jeden davon abhalten, zu McDonald's zu gehen. Ich sehe das alles sehr pragmatisch. Die Bahn ist kein exklusives Verkehrsmittel, also dürfen auch McDonald's-Konsumenten damit fahren.

1. oder 2. Klasse?

Ich reise immer 2. Klasse. Ich lehne die 1. Klasse ab, weil ich finde, dass die Bahn ein Massenverkehrsmittel ist, wo eine 1. Klasse nichts verloren hat. Ich bin in meinem Leben dreimal 1. Klasse gefahren und habe mich jedes Mal höchst unwohl gefühlt. Dort sitzen zu viele Leute, denen es gefällt, wenn sie jemanden um einen Kaffee schicken können. Und wenn ich mir nicht einmal die Zeitung selbst holen kann, würde ich mir überlegen, was mit mir nicht stimmt.

Ich liebe es, unter vielen Menschen zu sein. Ich stöpsle mir deshalb auch keine Kopfhörer in die Ohren. Das würde mich ungemein stören. Ich schließe mich nicht von der Welt ab, sondern höre den Leuten zu. Meine Bücher und Texte leben davon, dass ich sehr viel mit der Bahn, Straßenbahn und U-Bahn unterwegs bin. Das einzige Problem sind überfüllte Züge. Da wird der Slogan: »Das Leben in vollen Zügen genießen« eindeutig missverstanden.

Flugzeug oder Bahn?

Beides. Als Student bin ich oft tagelang im Zug gesessen. Von Timelkam nach Ankara zu fahren, war zum Beispiel keine große Sache. Ich bin auch von Wien nach Leningrad mit dem Zug gefahren. Vor ein paar Jahren war ich in China und Tibet auf der höchstgelegenen Bahnstrecke der Welt von Xining und Lhasa unterwegs. Das waren fast 2000 Kilometer, wobei der Großteil der Strecke in Höhen von mehr als 4000 Metern verläuft. Einfach irre. Ich benutze aber auch das Flugzeug und bete deswegen keine drei Vaterunser, weil ich zur Umweltverschmutzung beitrage. Im Flugzeug ärgere ich mich höchstens über die viel zu knapp bemessenen Sitzplätze in der Economy-Class. Dagegen ist jeder 2.-Klasse-Waggon der reinste Luxus!

Meckern oder nicht meckern?

Ich bin ein zufriedener Kunde. Die Bahn wird immer besser und schneller. Mir ist das eigentlich schon fast zu schnell. Die zwanzig Minuten, die man im Railjet auf der Strecke von Wien nach Salzburg »gewinnt«, sind für ein Leben doch vollkommen irrelevant. Was macht man mit dieser Zeit? Schaut man sich noch ein paar Homepages mehr an? Und ehrlich gesagt, die neue Weststrecke übers Tullnerfeld gefällt mir gar nicht. Das ist eine tote Gegend mit menschenleeren Bahnhöfen und landschaftlich wenig interessant. Ein Bahnhof ohne Menschen macht mich depressiv, weil ich dann glaube, dass etwas Schreckliches passiert ist.

Stahl-Glas-Architektur oder Ziegelbau?

Ich finde den Westbahnhof ganz okay, sieht man einmal von den Geschäften ab, die es hier gibt. Mich stört dieser Einheitsbrei. Überall dieselben Fast-Food-Restaurants, überall die gleichen Bekleidungsketten. Ich reise sehr viel, und wenn ich sehe, dass die europäischen Touristen in Bangkok oder Singapur genau in dieselben Läden gehen wie zu Hause, frage ich mich, warum die Leute überhaupt verreisen. Beim Westbahnhof hätte man innovativ sein und einmal etwas anderes ausprobieren können. Ansonsten habe ich mit dem neuen Bahnhofskonzept kein Problem. Ich bin nicht der nostalgische Typ, der sagt, in Salzburg gab es vor vierzig Jahren eine klasse Bahnhofsbums'n, wo es die Hühnerleber mit Reis um sechzehn Schilling gab, wo ist die nur geblieben? Womit ich allerdings überhaupt nicht einverstanden bin, das sind die vielen Überwachungskameras und das Security-Personal in den Bahnhöfen. Das ist mir unangenehm.

Passangers oder pessenschas?

Die Höhepunkte einer jeden Bahnfahrt sind zweifellos die englischen Durchsagen des Personals. Jetzt hat ja jeder Schnellzug in Österreich seinen eigenen Namen. Einer heißt »Europäischer Computerführerschein«, ein anderer »Beste Österreichische Gastlichkeit« und wieder ein anderer »Kimberly Clark – Hakle«. Mit Letzterem wird offenbar für ein Klopapier geworben. Damit auch die Reisenden aus dem Ausland wissen, dass sie im richtigen Zug sitzen, wird also bei jeder Durchsage der Name des Zugs genannt. Das klingt dann im Falle des »Europäischen Computerführerscheins« so: »Wi wellkamm nau aua nju pessenschas on board of se treen Juropien Draiwers Laisens. Our next stop is Attnang-Puchheim.« Gut klingt natürlich auch »Best Austrian Hospitableness«, wobei man in diesem Fall auch den Eindruck haben könnte, dass damit nicht für die österreichische Gastlichkeit, sondern für ein heimisches Spital geworben wird. Vor ein paar Jahren gab es einen Zug, der hieß »60 Jahre Katholische Frauenbewegung«, ein absoluter Traum. Ich finde, dass man Züge mit solchen Namen unter Denkmalschutz stellen sollte.

Ronald Biggs oder Scotland Yard?

Ich bin in der Nähe der Westbahn aufgewachsen und konnte in der Nacht, wenn ich die Züge nur hörte, alleine aufgrund des Klangs unterscheiden, ob es sich um einen Personenzug, einen Schnellzug oder einen Lastenzug handelte. Als Kinder sind wir oft verbotenerweise hinüber zu den Gleisen gegangen und haben geschaut, welche Züge vorbeifahren, was draufsteht, und was sie transportieren. Im August 1963 gab es ja diesen legendären Postraub in England, diesen »Train Robbery«, der 1966 unter dem Titel »Die Gentlemen bitten zur Kasse« ins Fernsehen kam. Ich habe diesen Film mit Günther Neutze, Horst Tappert, Hans Cossy und vielen, vielen anderen geliebt. Und natürlich wollten wir den Postraub unbedingt nachspielen. Wie die Indianer im Wilden Westen haben wir uns sogar auf die Schienen gelegt und gehorcht, wann der Zug, den wir überfallen sollten, kommt. Für uns war das damals ein großes Abenteuer, und wir hatten Glück, dass niemandem von uns etwas passiert ist. Dass wir aufseiten der »Gentlemen« standen, versteht sich von selbst. Und dass Ronald Biggs von Scotland Yard nie gefasst werden konnte, sondern als kranker Mann freiwillig von Brasilien nach England zurückgekehrt ist, war schon eine tolle Sache.

DIE AUTOREN

Alois Brandstetter

geboren 1938 in Pichl (Oberösterreich), lehrte als Professor für Deutsche Philologie an der Universität Klagenfurt. Zahlreiche Auszeichnungen, u. a. Heinrich-Gleißner-Preis (1994), Adalbert-Stifter-Preis und Großer Kulturpreis des Landes Oberösterreich (2005) sowie das Große Goldene Ehrenzeichen des Landes Kärnten (2009). Zuletzt erschienen: »Cant läßt grüßen« (2009), »Zur Entlastung der Briefträger« (2011) und »Kummer ade!« (2013).

Karl-Markus Gauß

geboren 1954 in Salzburg. Dort studierte er auch Germanistik und Geschichte. Gauß hat zahlreiche Essays und Reiseberichte verfaßt. Zahlreiche Auszeichnungen, u. a. Georg-Dehio-Buchpreis (Hauptpreis, 2006), Internationaler Preis für Kunst und Kultur des Kulturfonds der Stadt Salzburg (2013). Zuletzt erschienen: »Der Ruhm am Nachmittag« (2012), »Das Erste, was ich sah« (2013) und »Lob der Sprache, Glück des Schreibens« (2014).

Daniel Kehlmann

1975 in München geboren. Er studierte Philosophie und Literaturwissenschaft. Sein fünftes Buch »Ich und Kaminski« war sein erster internationaler Erfolg, der Roman »Die Vermessung der Welt« ein Weltbestseller. Zahlreiche Auszeichnungen, u. a. Kleist-Preis (2006), Thomas-Mann-Preis (2008), Nestroy-Theaterpreis (2012). Zuletzt erschienen: »Ruhm. Ein Roman in neun Geschichten« (2009), »Lob: Über Literatur« (2010) und »F« (2013).

Michael Köhlmeier

wurde 1949 in Vorarlberg geboren, studierte Germanistik, Politikwissenschaft, Mathematik und Philosophie. Er lebt als Schriftsteller in Hohenems und Wien. Zahlreiche Auszeichnungen, u. a. Goldenes Verdienstzeichen des Landes Wien (2007), Österreichischer Kinder- und Jugendbuchpreis (2011) und Walter-Hasenclever-Literaturpreis (2014). Zuletzt erschienen: »Abendland« (2007), »Madalyn« (2010) und »Die Abenteuer des Joel Spazierer« (2013), »Zwei Herren am Strand« (2014).

Kurt Palm

geboren 1955 in Vöcklabruck, Studium der Germanistik und Publizistik in Salzburg. Dr. phil. Seit 1983 als Autor und Regisseur tätig. Schrieb Bücher über Brecht, Stifter, Joyce, Mozart, Fußball und Palmsamstage. Drehte einige Kinofilme und inszenierte zahlreiche Opern und Theaterstücke im In- und Ausland. Zahlreiche Auszeichnungen, u. a. Fernsehpreis der Erwachsenenbildung (2006), Friedrich-Glauser-Preis (2011), Kulturpreis des Landes Oberösterreich (2012). Zuletzt erschienen: »Bad Fucking« (2010), »Die Besucher« (2012) und »Bringt mir die Nudel von Gioachino Rossini. Kein Spaghetti-Western« (2014).

Erika Pluhar

war seit ihrer Ausbildung am Max-Reinhardt-Seminar bis 1999 Schauspielerin am Burgtheater in Wien. Sie textet und interpretiert Lieder, hat Filme gedreht, Musik gemacht und zahlreiche Bücher veröffentlicht. Zahlreiche Auszeichnungen, u. a. Ehrenpreis des österreichischen Buchhandels für Toleranz in Denken und Handeln (2009) und Großes Goldenes Ehrenzeichen für Verdienste um das Bundesland Niederösterreich (2012). Zuletzt erschienen: »Im Schatten der Zeit« (2012) und »Die öffentliche Frau« (2013).

Julya Rabinowich

geboren 1970 in St. Petersburg, lebt seit 1977 in Wien, wo sie auch studierte. Autorin, Malerin und Simultandolmetscherin. Im Standard erscheint wöchentlich ihre Kolumne »Geschüttelt, nicht gerührt«. Für ihren Debütroman »Spaltkopf« (2008) erhielt sie u. a. den Rauriser Literaturpreis (2009), weiters u. a. das Elias-Canetti-Stipendium der Stadt Wien 2010 und 2012. Theaterstücke und Uraufführungen (u. a.): »Stück ohne Juden«, Volkstheater (2010), »Auftauchen. Eine Bestandsaufnahme«, Volkstheater (2010), »Porno«, Rabenhof (2011). Zuletzt erschienen: »Herznovelle« (2011) und der Roman »Die Erdfresserin« (2012).

Peter Rosei

geboren 1946 in Wien. 1968 promovierte er zum Doktor der Rechtswissenschaften. Seit 1972 lebt er als freier Schriftsteller in Wien. Zahlreiche Auszeichnungen, u. a. Franz-Kafka-Preis 1993, Anton-Wildgans-Preis 1999 und das Österreichische Ehrenkreuz für Wissenschaft und Kunst 2007. Zuletzt erschienen: »Wien Metropolis« (2005), »Das große Töten« (2009), »Geld!« (2011), »Madame Stern« (2013), »Die Globalisten« (2014).

Eva Rossmann

geboren 1962 in Graz, lebt im Weinviertel. Juristin, Journalistin, Autorin, Feministin, ORF-Moderatorin. Sie schreibt Sachbücher, Drehbücher, besonders beliebt ist ihre Krimi-Reihe über die Hobbydetektivin Mira Valensky. Seit ihrem Krimi »Ausgekocht« auch Köchin in Buchingers Gasthaus »Zur Alten Schule«. Zahlreiche Auszeichnungen u. a. Großer Josef Krainer Preis der Steiermark für Literatur (2012), Wiener Krimipreis (2014). Zuletzt erschienen: »Unter Strom« (2012), »Männerfallen« (2013) und »Krummvögel« (2013), »Alles rot« (2014).

Gerhard Roth

geboren 1942 in Graz, lebt als Schriftsteller in Wien und der Südsteiermark. Er veröffentlichte zahlreiche Romane, Erzählungen, Essays und Theaterstücke. Zahlreiche Auszeichnungen, u. a. Bruno-Kreisky-Preis für das politische Buch (2002), Marietta und Friedrich Torberg-Medaille (2007) und Jakob-Wassermann-Literaturpreis (2012). Zuletzt erschienen: »Orkus. Reise zu den Toten, Band VII.« (2011), »Im Irrgarten der Bilder« (2012), »Portraits« (2012), »Grundriss eines Rätsels« (2014).

Tex Rubinowitz

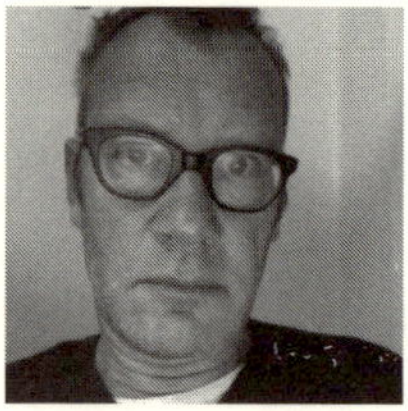

geboren 1961 in Lüneburg. Zeichner, Maler, Cartoonist, Reisejournalist, Sänger (»Mäuse«), Schauspieler. Als Cartoonist regelmäßige Veröffentlichungen in: DIE ZEIT, Falter, Titanic, Standard. Er lebt seit 1984 in Wien. Seit 2010 ist er Kurator der Ausstellungsreihe »Im Zeichenraum« in der Wiener Galerie Christine König. 2014 wurde er für seinen Text »Wir waren niemals hier« mit dem Ingeborg-Bachmann-Preis ausgezeichnet. Zuletzt erschienen: »Rumgurken. Reisen ohne Plan, aber mit Ziel« (2012), »Die sieben Plurale von Rhabarber« (2013).

Susanne Scholl

geboren 1949 in Wien, Studium der Slawistik in Rom und Moskau. Langjährige ORF-Korrespondentin in Moskau. Susanne Scholl hat zahlreiche Bücher veröffentlicht und wichtige Preise für ihre journalistische Arbeit und ihr menschenrechtliches Engagement erhalten, u.a. den Concordia Preis und das Österreichische Ehrenkreuz für Wissenschaft und Kunst. Zuletzt erschienen: »Russland mit und ohne Seele« (2009), »Allein zu Haus« (2011), »Emma schweigt« (2013).

Julian Schutting

geboren 1937 in Amstetten. Er studierte Geschichte und Germanistik und lebt in Wien. Julian Schuttings Werk umfasst Prosa, Lyrik und sprachphilosophische Abhandlungen. Der Autor ist Mitglied der Grazer Autorenversammlung. Zahlreiche Auszeichnungen, u. a. das Ehrenzeichen in Gold für Verdienste um das Land Wien 1997 und Literaturpreis der Salzburger Wirtschaft 2013. Zuletzt erschienen: »Auf der Wanderschaft« (2009), »Theatralisches« (2012), »Blickrichtungen« (2013).

Ilija Trojanow

geboren 1965 in Sofia, wuchs in Kenia auf und lebt heute in Wien. Er wurde vielfach ausgezeichnet, u. a. mit dem Preis der Leipziger Buchmesse 2006, dem Würth-Preis für Europäische Literatur 2010, der Brüder-Grimm-Professur der Universität Kassel 2014. Neben seinem umfangreichen literarischen Werk publizierte er Essays und Reportagen zu globalen politischen und kulturellen Themen. Zum Bestseller wurde »Der Weltensammler« (2006), zuletzt erschienen »Wo Orpheus begraben liegt« (2013) und »Der überflüssige Mensch« (2013).

Anna Weidenholzer

geboren 1984 in Linz, lebt in Wien. Studium der Vergleichenden Literaturwissenschaft in Wien und Wrocław, Polen. Sie arbeitete als Chronikjournalistin der Oberösterreichischen Nachrichten und ist seit 2010 freischaffende Schriftstellerin. Veröffentlichungen in Literaturzeitschriften und Anthologien; zahlreiche Auszeichnungen, u. a. Staatsstipendium für Literatur 2011/2012, Stadtschreiberin von Kitzbühel 2012, Reinhard-Priessnitz-Preis (2013). Zuletzt erschienen: »Der Platz des Hundes« (2010) und »Der Winter tut den Fischen gut« (2012).